PUZLE DE EMOCIONES

ExLibric

M. C. SAAVEDRA

PUZLE DE EMOCIONES

EXLIBRIC
ANTEQUERA 2024

PUZLE DE EMOCIONES
M. C. Saavedra
Diseño de portada: Dpto. de Diseño Gráfico Exlibric

Iª edición

© ExLibric, 2024.

Editado por: ExLibric
c/ Cueva de Viera, 2, Local 3
Centro Negocios CADI
29200 Antequera (Málaga)
Teléfono: 952 70 60 04
Fax: 952 84 55 03
Correo electrónico: exlibric@exlibric.com
Internet: www.exlibric.com

ISBN: 978-84-10076-70-9
Depósito Legal: MA 1593-2024

Impresión: PODiPrint
Impreso en Andalucía – España

Nota de la editorial: ExLibric pertenece a Innovación y Cualificación S. L.

M. C. SAAVEDRA

PUZLE DE EMOCIONES

*A todas las personas
a las que les hablé de este proyecto
y me animaron.*

*A Paco, por aguantarme,
y a mi hijo Fran.*

Parte I

DARIEN

1

Las gotas de lluvia chocan en mi ventana, salgo al patio de mi casa, para observarlas caer. Siento un escalofrío y las luces del porche se apagan, me encuentro a oscuras bajo el porche. Unos relámpagos caen al lado de mis pies. Quiero entrar dentro, pero no puedo, estoy inmóvil, quiero correr… De repente me encuentro en la tierra, el porche no está. Me hundo, ¡me hundo! Grito y grito pidiendo ayuda y nadie me oye, me quedo sin aire. De momento todo acaba, no llueve, no hay truenos. Me siento flotando en el aire dando vueltas, mi cuerpo está relajado, como si fuera una pluma. Siento cómo caigo, siento cómo el aire roza mi ombligo al levantar suavemente la camiseta. No puedo pensar en nada.

Entonces siento unos brazos suaves y fuertes que me rodean la cintura, tocándome con delicadeza la piel visible. Me siento protegida, a gusto, una sensación agradable. Abro los ojos. Mi corazón empieza a latir fuertemente al ver una luz azul brillante que deslumbra, se acerca más y más. Mi cuerpo se estremece y mis labios se humedecen de una forma cálida y esponjosa. Al instante tengo los pies en el suelo y siento una profunda soledad, un sentimiento de vacío. Me empieza a doler la cabeza, parece que va a estallarme. Cierro los ojos, me sujeto la cabeza, vuelvo a sentirme en el aire y esta vez, al abrir los ojos, veo una luz blanca que me impulsa hacia ella. No quiero ir, me produce terror, pero el aire me impulsa. De repente esas manos me vuelven a tocar y mi cuerpo por fin se deshace de esa pesadez. Ahora me encuentro como hipnotizada por ese aroma que desprende su cuerpo. Giro la cabeza para mirar su rostro, pero otra vez veo esa luz azul, solo siento su cuerpo y sus manos en mí. Con los pies nuevamente en el suelo, mis manos apoyadas en su cuello y mi cabeza apoyada en su pecho cálido, siento cómo se va alejando...

Me despierto. Veo otra luz, la luz del sol que entra por mi ventana. Siento los pasos torpes de mi madre subiendo por las escaleras hacia mi habitación.

—¿Estás despierta? —me pregunta en un tono bajito.

—Sí, mamá, me acabo de despertar.

—Era por si me querías acompañar al súper.

—Vale..., ahora me visto.

Me siento tan confortable, otra vez ese sueño raro pero sensacional.

Hoy es sábado, toca ayudar a mi madre con la compra. Tiene una enfermedad de hace muchos años, pero con la medicación lo lleva muy bien.

Me levanto, tiro las sábanas hacia atrás, abro la ventana para que entre un poco el aire y acabo peleándome con la cortina, que quiere salir. La corro. Voy caminando con los ojos medio cerrados hasta la puerta, la abro y veo pasar a mi padre con las botas llenas de barro.

—Papá, estás manchando todo el suelo con las botas.

—Y tú estás asustando a todo el vecindario con esos pelos. —Suelta una carcajada.

Con cara de pocos amigos, salgo corriendo al cuarto de baño, en la puerta de enfrente. Mi padre entra en su cuarto, que está a la izquierda del mío. Me miro al espejo y veo un león enfurecido, pero sin barba y el pelo negro... ¡Yo con estos rizos no puedo!

Parece que mis pelos estén conectados a un enchufe. Anoche me acosté con el pelo mojado después de la ducha, eso me ha pasado.

Lo raro es que mi padre no me haya dicho que me parezco a Raimon, que es el espantapájaros que tenemos en la huerta de arriba de mi casa. Se dedica a ponerle rulos y me llama diciéndome que se parece a mí.

Nosotros vivimos en una zona de pequeños chalecitos que tiene un solárium arriba. Mi padre se hizo un huerto urbano, previa consulta con el arquitecto de la casa. Colocó tela asfáltica, volvió a colocar hormigón y tiró tierra. Hizo una escalera de aluminio a un lateral de la casa para subir, colocó un pasillo de adoquines en el centro y al final está Raimon, un muñeco de trapo que cosió mi madre con algunas telas, con unos pantalones vaqueros viejos de mi padre y una camisa a cuadros rojos y negros, con un sombrero de paja. Está colocado en forma de cruz con dos palos de madera, como el típico espantapájaros, pero con la peculiaridad de que tiene unos trozos de lana negra como pelo con algunos rulos negros. Alrededor, todo de tierra. Intenta tener verdura y fruta de temporada, así todo el año al horticultor del mercado lo marea para que le venda buenas semillas. Tenemos verduras frescas y ecológicas.

A mi abuela le gustaba mucho la huerta, las plantas, las flores… Mi padre heredó de ella esta gran pasión.

Algunos vecinos tienen un jardín, parece un botánico; otros tienen un solárium con la piscina, y nosotros tenemos un huerto.

Mi padre se llama Isidoro, es una persona a la que siempre le gusta hacer algo y, si no tiene nada que hacer, se va a correr un rato, está en forma. Él trabajaba en la obra desde bien joven, así pudo ir a la universidad, donde estaba estudiando Económicas, pero le dijeron de subirle el puesto a jefe de obra, lo veían trabajar bien, y dejó sus estudios por esta oferta. A los cuarenta y nueve años la ha tenido que acabar. Siempre me dice: «No hagas lo mismo que yo, acaba tu carrera, que a mí ahora me cuesta más». Lo despidieron porque hicieron un ERE en la empresa, le dieron una buena indemnización. Volvió a la universidad, consiguió acabar su carrera, aunque le costó un poco.

¿Quién me iba a decir a mí que en mis últimos años de carrera iba a compartir escritorio con mi padre? Cuando se aburría me pegaba codazos como un niño pequeño. Al principio iba muy mal con la informática, le tuve que enseñar cuatro cosas básicas. ¡Una paciencia que tuve que tener! Un día me llamó como si estuviera ahogándose en un vaso de agua.

—¡Sofía! Tengo un problema, o se ha perdido el ratón en la pantalla o se ha suicidado y no me he dado cuenta —con cara de circunstancia.

—¿A dónde se va a ir, a casa de la vecina? Llama y le preguntas si lo ha visto. —Di una carcajada mientras subía a ver qué le pasaba. Cuando llegué lo vi con el ratón dándole vueltas en la mesa.

—¿Quieres dejar de moverlo? Entonces lo verás.

—Ay, gracias, cariño —dijo como si le hubiera salvado la vida.

Le tuve que decir que se apuntara con urgencia a clases de informática, o no aprobaría, así me dejaba de marear. «Antes todo iba en archivadores y carpetas, pero ya es historia», me solía decir.

Muchas veces lo mandaba al comedor porque no me dejaba, otras veces se venía a la biblioteca del pueblo, pero al final aprobamos. Bueno, a mí me falta el trabajo de fin de carrera, que lo presentaré al año que viene; tengo un año para prepararlo bien y hacer una buena investigación.

El verano pasado hizo una piscina en la parte delantera derecha de la casa, no cubre más de la cintura. La hizo expresamente para mi madre, el doctor dijo que sería bueno que hiciera algo de ejercicio en el agua, y en la playa es un poco más peligroso.

Ya he terminado de arreglarme el pelo, busco si en mi cuarto de baño hay una pinza para recogérmelo rápido e ir a vestirme. No la encuentro. Voy a la habitación de mis padres, toco.

—Pasa. —Se está poniendo las zapatillas de deporte, se va a correr.

La habitación es esquinera, es la que más luz tiene. Al abrir la puerta se ve la cama de matrimonio de madera maciza debajo de la ventana. En la pared de la derecha de la cama, una puerta de aluminio que sale a un pequeño balcón, enfrente de la puerta. A la izquierda, una cómoda al lado de un armario empotrado, y a mi derecha, al lado de la salida al balcón, está la puerta del cuarto de baño. Me dirijo hacia esa puerta y busco la pinza de mi madre. Salgo, voy a mi habitación, mientras me voy poniendo la pinza en el pelo. Mi ventana está enfrente de la puerta, la cama a la izquierda, de color blanco con su mesita a juego, que es donde ayer me había dejado la pinza —qué cabeza la mía—, y a la derecha tengo mi armario, del mismo color que la cama, y al lado un sillón relax donde me encanta leer.

Voy al armario, me cojo unos pantalones cortos, una camiseta de tirantes —en la calle debe de hacer calor a finales de junio— y unas sandalias. Me visto rápido, salgo, me dirijo hacia la derecha, donde están las escaleras. Cerrando la puerta de mi habitación, me doy cuenta de que la del cuarto de estudio, la habitación contigua a la mía, también está abierta. La cierro. Solo hay un escritorio enorme donde tengo el ordenador y dos sillas; normalmente hay una, pero estos años había un inquilino más en la zona. En las paredes libres hay estanterías con todos mis libros, con todas las novelas que me he leído.

Bajo los peldaños de la escalera de dos en dos, paso corriendo por el comedor hacia la puerta de la calle, y me paro en el porche. Me viene a la mente el sueño raro que acabo de tener esta misma mañana. En el porche tenemos una mesa, sillas y un balancín de mimbre, en este está sentada mi madre. La observo balancearse y los rizos de su pelo negro cayéndole en la cara al movimiento del balancín. Yo pienso que son más bonitos que los míos, ella los tiene más marcados que yo. Me mira con una sonrisa plácida, se levanta. Realmente mi madre es muy guapa y habrá sido muy guapa de joven.

2

Dalia se llama mi madre. Es una mujer fuerte, lleva muy bien su enfermedad dentro de lo que cabe, es una enfermedad degenerativa, le produce mucha inflamación y, por lo tanto, mucho dolor. Sus propias células dañan la mielina del sistema nervioso central, produciendo una desmineralización, que reduce la velocidad de conducción de los impulsos eléctricos. Su estado es progresivo, según su neurólogo, es de las menos agresivas, su degeneración ha ido poco a poco. Se siente fatigada, algunas partes del cuerpo se le duermen, tiene movimientos torpes y en el ojo izquierdo va perdiendo visibilidad. Pero se siente muy feliz y alegre. Es la felicidad personificada.

La madre de Érica, Selma, venía todas las mañanas a ayudarla en las tareas de la casa mientras mi padre y yo estábamos en la facultad, pero ahora ya estamos con ella y viene un par de veces a la semana.

Desde que he tenido razón, sentía curiosidad por si algún científico encontraba alguna cura a esta enfermedad, miraba mucho por internet, en las últimas novedades en avances médicos. Desde bien joven ya tenía claro que quería dedicarme a la investigación, todo lo que leía me fascinaba y me producía mucha curiosidad.

Cuando acabé el bachiller, decidí estudiar Biotecnología, después de barajar algunas otras carreras. Se desarrolla en un enfoque multidisciplinario que involucra varias disciplinas y ciencias: biología, bioquímica, genética, virología, medicina o microbiología, entre otras.

Cuando yo tenía cinco años le diagnosticaron esta enfermedad. La verdad es que en un principio fue muy duro, según me contó mi padre. Como yo fui creciendo con ella, para mí era normal, no me producía tristeza, mi madre es así. Siempre la acompañaba a los sitios y veía que mi padre la ayudaba mucho, yo también la ayudaba. Los médicos le dijeron que con medicación lo llevaría muy bien; de hecho, estuvo trabajando hasta que yo empecé la universidad, a partir de ese momento sí que la empecé a notar un poco más decaída, pero dentro de nuestra felicidad familiar.

Mi madre trabajaba en una fábrica de tejidos para el hogar, ella era la encargada de la sección de compostura, era quien realizaba los trabajos un poco más complejos. Llevaba muchos años y tenía mucha experiencia. Le gustaba mucho su trabajo, estaba sentada en una máquina de coser, que tenía un pedal eléctrico. Cuando fue notando que ya le fallaban las fuerzas para sujetar bien las telas con las guatas, la trasladaron a rematar sábanas, pero seguía siendo encargada, aportando ideas nuevas, enseñando a las compañeras a manejar bien las maquinarias…

Se tuvo que coger la baja por enfermedad porque se dio cuenta de que le costaba muchísimo apretar el pedal de la máquina, y empezó a perder un poco de visión. Pero aun así nunca ha dejado de bajar al garaje a hacer sus patrones. La ayudo con la máquina de coser, no quiero que pierda la alegría de sus ojos cuando ha dibujado un patrón nuevo, aunque cada vez le cuesta más marcar la tiza. Sigue haciendo algunas que otras cositas para las vecinas. Le pidieron un traje de novia, quedó precioso. Bueno, nos quedó, yo era sus manos, ella me indicaba: «Gira poco a poco la tela para que no te salgas de las líneas marcadas…».

Cuando alguien le pedía hacer algún tipo de prenda me lo consultaba, con unos ojitos de alegría que me era imposible decirle que no. Es su vida la compostura, quiero hacerla feliz lo máximo posible. Aparte se siente realizada.

Alguna vez ha vuelto a la fábrica, la llaman para que les ayude pidiéndole opinión sobre nuevas ideas. Ella va encantada. Mi padre la lleva, pero no quiere estar mucho tiempo allí, porque dice que a su edad aún le siguen sacando esas mujeres los colores. Lo llaman el Galán Horticultor.

Mis padres se conocieron en un restaurante de la zona donde trabajaba mi madre, que en esos momentos mi padre estaba haciendo una obra cerca. Coincidían para comer sus compañeros con sus compañeras. Un día se acercó mi padre a mi madre y le dio la mano preguntando su nombre. Al contestar mi madre, asombrado dijo:

—Oh, extravagante, glamurosa y atractiva. Las Dalias son divas de la horticultura.

Mi madre me cuenta que en ese momento no sabía dónde mirar, se puso roja y sus compañeras se empezaron a reír por lo bajo.

Al día siguiente le llevó una dalia, la fue conquistando, hasta ahora. Se nota que se quieren.

Esta flor realmente es muy bonita, florecen al principio de verano hasta finales de otoño. Tenemos la pared de la casa llena de dalias de muy diversos colores.

Ayudo a levantarla, ella se sujeta al carro de la compra, que le viene muy bien para apoyarse y caminar. Salimos por el pequeño jardín de casa hasta la puerta de forja negra. Nos dirigimos hasta el súper.

En el súper pasa lo de siempre, mi madre conoce a todo el mundo, se va parando y acabo comprando yo. La dejo con unas vecinas hablando y voy dirección a la carnicería, con el carro del centro. Me paro donde se encuentran las infusiones. «Uy, me lo han cambiado otra vez». Dejo el carro en ese pasillo, me decido a dar la vuelta para mirar en el otro lado de la estantería, me choco sin darme cuenta.

—Ay, perdone —le digo. Al levantar la mirada me da un escalofrío. Me recuerda a mi sueño de esta mañana, cuando veo unos ojos azul cielo brillantes, una nariz recta y una sonrisa muy bonita saliendo de unos labios carnosos. Doy un bote hacia atrás de susto.

—Perdona si te he asustado —me dice.

—No, tranquilo, que voy buscando una cosa y no he mirado. Lo siento por chocarme.

Sigo por el pasillo sin saber qué busco, vuelvo a donde he dejado el carro y entre las estanterías hay un hueco, puedo verlo. Es más alto que yo, por lo menos una cabeza y media. Tiene los hombros bien definidos, aunque lleva una camiseta suelta negra al igual que su pelo. Un hormigueo empieza en mi estómago, nunca me había sentido así. ¡Se lo tengo que contar a Érica!

—¡Sofía!, que no me esperas.

—Ay, mamá, si te pones a charrar con todo el mundo, voy yo comprando.

—Pero si aún no has metido nada en el carro.

—Es que… han cambiado las infusiones de sitio.

En ese momento pasa por enfrente el chico de antes con la misma sonrisa. Empiezo a empujar el carro hacia la carnicería.

Menos mal que el súper está a dos calles debajo de mi casa, porque hay veces que no puedo con el carro; a mi madre le doy el papel higiénico y las servilletas. Cuando ya me quedaban dos casas para llegar a la mía, me tocan por la espalda y, al girarme, veo al chico otra vez.

—¿Quieres que te ayude? Que veo que no puedes.

Al momento, interviene mi madre:

—Muchas gracias.

El chico sin nombre me coge unas cuantas bolsas de encima del carro. La verdad es que me viene muy bien, me pesaba demasiado.

—Me suena mucho tu cara —comenta mi madre.

—Sí, soy el sobrino de Pepi.

—¡Ay! Sí, Pepi, la vecina de enfrente que viene para verano. ¿Qué tal? ¿Cómo está? ¿Ha venido también?

—No, ellos han decidido irse a un crucero y mis padres les han pedido si podían pasar aquí el verano y… aquí estamos.

—Realmente me suenas, tú has venido alguna vez cuando eras pequeño, ¿verdad?

—Sí, alguna vez he venido, pero hace muchos años.

Llevan una conversación como si se conociesen de toda la vida. Le veo como se le marcan los músculos con el peso de las bolsas. Hemos llegado a la puerta de casa y muy amablemente decide subirlas dentro hasta la cocina, cosa que le agradezco muchísimo.

—Muchas gracias —le digo.

—Muchas gracias. No me acuerdo de tu nombre, yo soy Dalia —le dice muy contenta mi madre.

—Oh, yo soy Darien. —Le da un beso en la mejilla a mi madre.

Me pongo a colocar las bolsas de la compra. «Por favor, que no le tenga que dar un beso». Me siento ruborizada.

—¡Sofía, ven a despedirte de Darien!

—Voy…

Me siento las mejillas calientes. «Que no tenga los mofletes rojos, que no tenga los mofletes rojos…». Cuando me dirijo a ellos levanto la mirada y veo la sonrisa pícara de mi madre. «¡Ya está, los tengo como un tomate!».

—Hola, soy Sofía.

Le veo esa sonrisa tan bonita, y mientras se me acerca para rozar sus labios sensuales en mis mofletes ardientes dice:

—Soy Darien, mucho gusto en conocerte. Bueno, me marcho.

Se dispone a salir de la cocina, pasando al comedor, cuando en ese momento llega mi padre de correr, se cruza con él y se queda un poco extrañado.

—Hasta luego, adiós.

—Adiós —contesta mi padre, que me mira y se ríe—. De repente tienes un huerto de tomates en la cara. Parecen muy maduritos, los comemos para la ensalada, o es que… —empieza a reírse de nuevo.

—O es que nada. Sr. Hansen, vaya usted siguiendo sus miguitas que ha dejado esta mañana hasta su habitación, no sea que se pierda, que he tenido que sacar el mocho antes de ir al súper para quitar el barro que has dejado —mientras me dirijo a la cocina, con tono enfadado.

—Vamos, déjala ya. Es el sobrino de Pepi.

Y él continúa subiendo las escaleras y riéndose.

Mi madre y yo nos ponemos a recoger la compra y empezar la comida. Mientras se hace la comida, subo a hacer las camas y mi madre pasa la mopa por el salón. La cocina está situada por detrás de las escaleras, que son la línea imaginaria que separa la cocina del salón. Entre la cocina y el salón está la mesa del comedor y enfrente, debajo de la escalera, está la puerta de otro cuarto de baño, que es el que usamos más en verano cuando estamos en la piscina, por no subir al de arriba y pringarlo todo.

Cuando terminamos de comer y recogemos todo, mis padres se sientan en el sofá del salón a ver la peli de mediodía y se hacen arrumacos, parecen recién enamorados. Suelo subir a leer o voy a la piscina un rato, pero hoy voy a subir a contarle a Érica lo que me ha sucedido en el súper por WhatsApp.

3

Érica es una persona maravillosa, es como si fuera una hermana. Hemos crecido juntas, ya que vivimos al lado. Es de la misma edad que yo, es una persona que tiene una gran virtud, sabe escuchar a la gente. Es muy culta, divertida, puedes mantener una conversación de cualquier tema, que si no sabe mucho del tema, no te preocupes, que al día siguiente ya ha buscado información. Está cursando la carrera de Periodismo, le queda un curso y le viene como anillo al dedo, pues le encanta documentarse de las cosas, habla con bastante propiedad.

Hasta hace bien poco, nuestras familias hacían viajes culturales a otras ciudades, siempre cogíamos un guía para ver los monasterios, iglesias, castillos, museos. Érica lo llevaba frito a preguntas. Algunos guías contestaban con mucho interés, otros por obligación, no se podían entretener tanto tiempo, si no la visita podía tardar más de lo normal. En una ocasión, visitamos unas instalaciones preciosas de estilo morisco. El guía era un chico de unos veintipocos, le iba cambiando la cara a cada pregunta de Érica, no le dejaba continuar. Después de unas cuantas preguntas le dijo de forma educada que cogiera el guía automático, que era una PDA: «Marcas el número de la zona de la que quieres la explicación y te lo cuenta con mucho detalle: el contenido, la historia…». Estuvo muy bien. Claro, el chico, a la salida, nos devolvió el dinero de la visita guiada, ya que nos cogimos la PDA.

Sus padres tienen un negocio familiar de bricolaje y pintura, su madre ayuda en el negocio. A Selma, madre de Érica, le encantan las plantas, en la parte de arriba tiene un botánico. Bueno, lo llamo así porque tiene muchas flores y plantas, lo tiene muy bonito, con un pequeño estanque con su motor para el movimiento del agua, una pequeña cascada cayendo entre unas rocas y peces de agua fría. La verdad es que cuando estás un rato allí arriba tienes una sensación de paz y tranquilidad. Unas lonas hacen la estancia más fresca al dar sombra, y debajo tiene unos asientos de mimbre muy acogedores.

Érica no tiene hermanos, como yo, así que somos uña y carne. Nos cambiamos la ropa como hermanas, nos contamos todo. Creo que la falta de hermanos la hemos compensado la una con la otra. Por mi parte, tampoco lo he echado de menos, y creo que por la suya tampoco. Hemos congeniado bastante bien desde siempre.

Cuando le he contado lo del súper, me ha dicho que viene a la piscina un rato, así que aquí la estoy esperando. Hace un sol radiante, estoy poniéndome protección solar, porque si estás media hora sales hecha un cangrejo. Tengo la toalla tendida en el césped con las gafas de sol.

—Sofía, ábreme.

La veo entre los barrotes de la cancela con una cara de ilusión, la comisura de los labios se le va a salir de la cara. Es morena con el pelo corto y delgada, nariz pequeña, ojos pequeños, pero pestañas muy largas y abundantes. Nunca se pone máscara de pestañas, las tiene preciosas.

Seguro que viene a por explicaciones de lo escrito antes en WhatsApp.

—Cuéntame —me dice con la misma sonrisa de hace un minuto, junto al brillo en sus ojos.

—Lo que te he contado, me he chocado y al verlo… Nunca me había pasado, el cosquilleo en el estómago que me ha producido de repente, me he quedado sin aliento. En la facultad te chocas con la gente sin querer y nadie me había producido esta sensación. Pero lo más gracioso ha sido cuando estaba en mi casa, me daba vergüenza tener que darle un beso de despedida, un simple beso. Me empecé a poner roja…

Érica se pone a reírse a pleno pulmón encogiéndose en la toalla, al lado de la mía, diciendo:

—¡Si te estás poniendo ahora!

—¡No me digas! Pues mira, tengo un problema.—Comienzo a reír con ella.

—¿Quieres que lo llamemos para que salga esta noche con nosotros a la playa?

—No, da igual, déjalo. ¡Qué vamos a llamarlo!

—Uf, qué calor. ¿Nos vamos al agua?

—Vamos.

Seguro que esta noche ya tengo la habitación exacta donde duerme, porque la casa de Darien está en la fila de enfrente, una casa al lado de Érica. Periodismo de investigación, como lo llamaría ella.

Cuando Érica se marcha, entro dentro de casa, me pongo un vestido fresco y bajo de nuevo al garaje, donde está mi madre. Me pongo con ella.

—¿Érica ya se ha ido?

—Sí, tiene cena familiar, que vienen sus tíos e iba a ayudarle a su madre con las cosas. Creo que quería hacer solomillo al hojaldre. Hemos quedado para luego salir a la playa con la pandilla.

—Remata mejor, que se te va a ir la costura por ahí —me dice. Estamos cosiendo la cortina de mi cuarto, me voy a poner un estor, que es menos molesto a la hora de abrir la ventana.

Mi madre ya me ha cuadrado la tela, ahora estoy colocando la cinta por donde me ha marcado, y luego a por los dobladillos. Mañana, cortinas nuevas.

—¿Sabes que ya conocías a Darien? —me dice de repente.

—¿Sí? Pues no me acuerdo.

—Un día salimos al parque, estaba allí. Estuviste jugando con él toda la tarde, creo que es dos años mayor que tú. Recuerdo que cuando veníamos a casa me dijiste: «Mamá, ¿cómo puede tener los ojos como el cielo?».

—No me digas que te dije eso —sonrío.

—Sí, y ahora se ha hecho un chico muy guapo y agradable.

4

Érica ya me espera en la puerta de mi casa. Lleva a Dolly con la correa, una perrita mestiza de dos años, con mucho pelo color tierra y un hocico alargado. Es una perrita muy cariñosa, se queda en mi casa un mes, cuando Érica y su familia se van al pueblo a ver a la familia y pasar las vacaciones. Al principio se la llevaban, pero siempre se mareaba en el viaje. Pensaban que era porque era una cachorra, pero se dieron cuenta de que no podía viajar como no le dieran alguna pastilla, y de esa forma parecía drogada… Definitivamente, nos la quedamos en casa. Está muy bien educada, siempre está pegada a mí.

Salimos a pasearla un rato antes de ir a la playa. En el paseo vamos llamando a la pandilla. Dos casas más hacia la derecha de la mía viven dos hermanos, son mellizos, Viki y Andrés, de mi misma edad, y los dos han estudiado Magisterio. Una calle detrás, cerca del súper, vive Esteban, el hijo pequeño de los Sánchez, los zapateros que tienen una zapatería que ha pasado de generación en generación. Y muy cerca viven Santos y Berta, que son hermanastros. Berta es la pareja de Andrés desde este invierno. El verano pasado vino a vivir aquí con su madre y su familia política.

—Ya salgo, Érica. Me peino y bajo —le digo desde la puerta de entrada.

Corro para ponerme la pinza en el pelo, le doy un beso a mi madre y otro a mi padre, que están sentados en el sofá del comedor, que acabamos de terminar de cenar, y salgo cerrando detrás de mí.

Mientras caminamos por la calle, las estrellas brillan de una forma espectacular y la luna deja un rastro precioso.

—Qué noche más bonita, la luna desde la playa se verá hoy muy bonita.

—Vaya, yo estaba pensando lo mismo.

—¿Sabes? Creo que ha venido el primo de Esteban, Isma —comenta Érica.

—Ah, sí, el año pasado me cayó superbien.

—A mí también.

Cuando recogemos a todos, vamos como siempre, con nuestras toallas. Andrés y Berta se llevan bocadillos para cenar. Esteban e Isma han cogido un poco de leña para encender una pequeña hoguera y la llevaban en un cajón de madera. De camino hacia la playa vamos a dejar a Dolly. Tenemos el privilegio de tener la playa a diez minutos todo el año.

Al llegar al sitio que nos parece mejor, nos ponemos a hacer un agujero no muy hondo para poner la leña. Colocamos las toallas alrededor. Santos, Ismael y Esteban se ponen a jugar a las cartas, después de encender el fuego. Viki se pone a contar chistes, que son un poco malos.

Corre una brisa fresca y agradable. Me doy cuenta de que el chiringuito de la playa ya está iluminado; claro, ya es primeros de julio. Érica, Viki y yo nos dirigimos allí para verlo, después de convencer a Viki de que lo suyo no son los chistes. Andrés y Berta ya se han ido a pasear. Santos, Ismael y Esteban se quedan jugando a las cartas.

—Ahora volvemos —decimos.

Cuando nos estamos acercando, empezamos a oír música salsera. Es un chiringuito de playa todo de madera, con la barra al fondo y vigas sujetando el techo del mismo material que toda su estructura, con ramas de palmeras secas como decoración. Las mesas y las sillas son imitación de caña de bambú. Al mediodía suele estar todo lleno de mesas, pero cuando llega la noche retiran las más centrales, dejando una pequeña pista de baile.

Al llegar, cuál es mi sorpresa que en la zona habilitada para el baile veo a Darien con unos pantalones piratas negros y una camisa gris, bailando con, supongo, su madre, pues tiene sus mismos ojos. Una señora solo un poco más baja que él, rubia, con un bonito recogido, delgada, con un vestido acoplado en la cintura y la falda recta y un poco de vuelo. Me quedo fascinada con lo bien que bailan los dos, yo creo que nadie se atreve a bailar al lado.

En ese momento siento un codazo de Érica en la costilla.

—Deja de babear, que ya no hace falta que me digas que es él.

Le devuelvo el codazo.

—Qué exagerada que eres.

En uno de los giros que hace me ve, y al momento me sonríe. Le devuelvo la sonrisa.

Viki me mira y me pregunta:

—¿Lo conoces?

—Sí, de esta mañana, me ayudó a llevar la compra hasta mi casa.

Al momento termina la canción, veo que le dice algo al oído a su madre y se acerca.

—Hola.

—Hola. Estas son mis amigas Érica y Viki.

—Mucho gusto en conoceros.

—Sofía, ¿sabes bailar?

—No, yo no —casi temblándome la boca.

—Pues muy fácil. —Me coge de las dos manos, me aparta de donde estamos y creo que me están volviendo los colores—. Un, dos, tres, cadera. Un, dos, tres, cadera…

Al principio le piso, pero al cabo de un rato ya me guía muy bien. Oigo a Érica decirme:

—¡Pues no lo haces tan mal! —La miro con cara de pocos amigos.

—Ya estás lista, vamos a pedir una canción.

«¿Qué? No, no, no». Me coge de la mano, me lleva hasta el chico que pone la música, le dice algo al oído y volvemos al mismo sitio.

—Cuando te dé una vuelta, marcas el paso con la derecha.

—No, por favor, no me des ninguna vuelta, que como me caiga…

—No te caes, es una canción fácil.

Empieza la música, me coge de la cintura y de una mano. Al principio es suave, hasta que empieza el ritmo. Comenzamos los pasos hacia la derecha, después izquierda, vamos girando poco a poco en forma de círculo. Me dirige muy bien, parece que estoy en una nube. Cada vez me va acercando más hacia él, siento que tiemblo. «¿Lo notará?». Pero me gusta mirarlo, sus hombros, su cuello… Tiene dos botones de la camisa abiertos y se pueden ver un poco sus pectorales definidos. Sin embargo, lo más sorprendente es que no pierdo el paso y cuando llega el estribillo, me coge de la barbilla y hace que lo mire mientras el cantante dice: «Si pudiera detener el tiempo, con placer lo haría, sobre todo cuando aquí te tengo y te siento mía». En ese instante me bloqueo. Se acerca al oído y me dice:

—No te pares. —Y vuelvo a seguir el paso.

Cuando ya termina, se separa un poco de mí sin soltarme de la mano.

—Sí que te da miedo bailar, estás temblando.

«Lo ha notado…».

—Es que es la primera vez que bailo, entonces…

Me giro para buscar a Érica y Viki, ¡no están! Observa que las estoy buscando y me dice:

—Se han ido, te han dicho adiós, pero no te has dado cuenta. Mis padres también se han ido.

—Bueno, pues vamos a la hoguera donde están mis amigos, que estarán allí.

—Vale —saliendo del chiringuito—. Al final no te he dado ninguna vuelta.

—Menos mal, mil gracias —suspirando.

Cuando vamos ya por la arena me doy cuenta de que aún tengo su mano cogida a la mía, la suelto.

—Bailas muy bien, ¿dónde has aprendido?

—De mi madre. A ella siempre le ha gustado bailar y a mi padre no le gusta nada. Cuando me cansé de oírlos discutir decidí apuntarme con mi madre para darle un poco el gusto, y al final a mí también me gusta. Solemos bailar a veces.

—Pues la verdad es que os he visto y eran muy bonitos todos los movimientos que hacíais. ¿Qué era lo que estabais bailando?

—Una salsa, es lo más complicado de bailar, pero una vez la aprendes es la más bonita.

—Ah… ¿Qué hemos bailado nosotros?

—Una bachata, es el paso más fácil de bailar. En este baile se luce mucho la mujer, tiene mucho movimiento de cadera, y también es el más sensual cuando se aprende a bailar bien, es el más pegado.

—La luna está preciosa, brilla como nunca.

Está en el horizonte y su luz baña hasta la orilla de la playa.

—Es verdad, nunca había visto una luna tan bonita.

—Claro, es la luna de Valencia —digo orgullosa.

Ya estamos llegando, todo el mundo nos mira con cara de asombro.

—Chicos, os presento a Darien. A Érica y Viki ya las conoces, y ellos son Santos, Esteban, Ismael, Andrés y Berta.

—Hola.

—Hola.

Esteban está un poco antipático, los veranos todo el mundo se va de vacaciones a sus respectivos pueblos o de viaje, y Esteban y yo somos los que nos solemos quedar aquí. Suele llamarme para ir a la playa y dar una vuelta, pero a mí no me gusta estar mucho rato con él; es buen chico, pero me aburre. En cambio, con Darien y nuestro pequeño paseo y baile es otra sensación, estoy a gusto.

Nos sentamos en mi toalla, cuando de repente empezamos a ver estrellas fugaces, un montón de estrellas. Puntos más brillantes, menos brillantes, el cielo parecía lleno de cristales muy juntos. Todos, fascinados y abrumados de tanta belleza, estamos todos mirando hacia el cielo. Y cuando me doy cuenta, estoy apoyada en el pecho de Darien y él me rodea la cintura con sus brazos, contando las estrellas que pasan. Nos miramos y nos reímos. Ya empiezo a tener sueño, pero tanta maravilla junta es digna de aguantar; aparte, me siento como si estuviera igual de cómoda que en mi cama.

5

Esta mañana el sol está nuevamente radiante, igual que yo. Anoche fue una noche maravillosa, el baile con Darien, ver junto a él la lluvia de estrellas, que fue preciosa, y, sobre todo, me encontraba cómoda entre sus brazos.

Ha hecho mucho calor esta noche y voy con una camisola blanca con una oveja en el pecho, de cuello pico y tirantes. Es muy fresca, de algodón muy fina, para dormir y estar en casa es cómoda. Estoy preparando el desayuno para sacarlo al porche y desayunar todos juntos. Hoy me siento espléndida y he hecho zumo de naranja, café con leche y tostadas al gusto: con aceite y sal, con mantequilla y mermelada o con tomate. Lo llevo todo al porche. Mi madre está regando las dalias del jardín y mi padre está por arriba en el huerto. Los llamo y nos ponemos a desayunar.

—Ayer hubo una lluvia de estrellas, estuvo muy bonita, creo que nunca había visto ninguna.

—Nosotros la vimos desde el jardín —dice mi padre—. Yo recuerdo una cuando tenía ocho años y también me impactó. ¿Lo visteis desde la playa?

—Sí, estábamos allí todos juntos.

Desayunamos en el porche, ahora corre una brisa. Se está muy bien, no apetece levantarse, pero me decido y recojo todo el desayuno. Mi madre va al garaje a coger unos pechitos de bebé que le está bordando a una vecina, para su nieto, a los que quiere que les bordara el nombre del niño.

Mi padre va a la parte lateral de la casa. Cuando salgo con la escoba para barrer el porche, este me llama.

—Ven a ayudarme un momento.

Dejo la escoba apoyada, voy al lateral de la casa y él está con las mangueras. Hay dos grifos, de uno sale una goma que va por un canalillo hasta la huerta de arriba con un motor a presión, y el otro grifo es para colocar una manguera y regar el jardín, o lo utiliza para llenar cubos de agua, para lavar el coche o limpiar la piedra de la piscina, cosas varias. Él quería dos tomas de agua allí para sus cosas.

—Dime.

Tiene un cubo en la mano que me lo está dando.

—Ten, sujétame esto —dándome un cubo. Al momento, empieza a tirar agua con la manguera, a mojarme de arriba abajo, por la cara y por todo el cuerpo.

—Ayy… ¡Está fría! Hoy te has levantado gracioso, ¿eh?

Le lanzo el agua del cubo, realmente apetece porque hace un calor… Llevo toda la camisola mojada por delante y por detrás. Intento quitar la manguera mientras que se está riendo, tiene los brazos estirados y no llego, estoy dando saltos. Cuando al fin consigo quitársela, lo voy a mojar, pero cierra el grifo y una voz a mi espalda dice:

—Hola, buenos días. Veo que por las mañanas os lo pasáis bien.

Esa voz me suena mucho y, al girarme, veo la cabeza de Darien por encima de la celosía de mi casa. Empiezo a despegarme la tela de mi cuerpo mojado, pero no hay manera. Del pelo me están cayendo goterones. Sus ojos brillantes, junto con una risa pícara, me recorren de arriba abajo en milésimas de segundo.

—Buenos días —dice mi padre—. Aquí estamos intentando arreglar la manguera y mi Sofía no ha podido y mira cómo se ha puesto. ¿Quieres ayudarme tú?

Por lo bajo le digo:

—No, papá, no lo mojes. —Viéndole las intenciones, abro de nuevo el grifo y le mojo de arriba abajo.

Mi madre abre la cancela para que entre.

—Gracias, señora, muy amable, pero solo pasaba por aquí y os he visto. Me ha parecido tan divertida la situación que no he podido aguantarme la risa.

—No pasa nada. Pasa, pasa —dice mi padre, cogiéndome de forma muy sigilosa la manguera.

Yo estoy escurriéndome toda el agua que puedo, mientras Darien va hacia donde está mi padre. De repente empieza a mojarlo, y yo por la retaguardia cojo el cubo y se lo tiro encima a mi padre, que se gira y me vuelve a mojar, diciendo:

—No podéis conmigo, tengo el poder de la manguera…

Nos empezamos a reír todos. Mi madre desde el porche no para de reírse y decirle a mi padre que nos deje en paz. Finalmente, cierra la manguera.

Miro a Darien y veo que la camiseta, con el agua, le marca unos pectorales firmes, unas abdominales bien marcadas y unos brazos definidos. Le digo que me dé la camiseta y la tendemos para que se seque más rápido, y al quitársela, no desmiente nada de lo que insinuaba con la camiseta mojada. Está muy bien definido, su color de piel es moreno playa.

—Subo un momento a cambiarme, ahora salgo.

Mientras tanto, mi madre le da una toalla. Se está secando y le dice:

—Espero que no te haya molestado, mi marido es así. Ten cuidado, si te ve desprevenido te tira a la piscina.

Subo las escaleras de dos en dos, me coloco unos pantalones cortos y una camiseta, bajo corriendo. En ese momento mi madre le está invitando esta tarde a merendar sus bollos caseros de vainilla.

—Están impresionantes —le digo yo.

—Bueno, entonces no faltaré.

Coloco dos toallas en el césped al lado de la piscina, nos tumbamos, él para que se le sequen los pantalones, mejor que en una silla, y yo le hago compañía. Me he colocado la parte de arriba del bikini, así que me quito la camiseta para tomar un poco el sol. Estando relajados en el césped, se oye el teléfono de casa. Mi madre entra en el comedor y lo coge. Llama a mi padre diciendo que es para él, y al rato sale eufórico al jardín.

—¡Tengo una entrevista de trabajo, tengo una entrevista de trabajo! —exclama, saltando como si fuera un niño pequeño, como si le hubieran comprado por primera vez una piruleta gigante.

—Ah, ¿sí? ¿Dónde? —decimos a la vez mi madre y yo.

—Mañana en la ciudad, de contable, para cubrir unas vacaciones con posibilidad de quedarme si no tengo ningún inconveniente de movilidad geográfica.

—Ah, muy bien. Espero que tengas suerte.

Sonreímos todos, mi madre y yo le damos un abrazo. Darien lo felicita también, luego recoge su camiseta, que está casi seca con el solazo que hace, se despide y se marcha.

—Hoy a las 17:30 te esperamos —dice mi madre.

—Muchas gracias. Vendré —con una sonrisa, mirándome con esos ojos cálidos color cielo, como le dije a mi madre de pequeña.

Faltan cinco minutos para la hora de su llegada. Me hace ilusión que venga a mi casa, con mis padres, el chico de grandes ojos azules que me sacó a bailar. Estoy nerviosa, creo que mi madre me lo está notando, me mira con el rabillo del ojo. No paro ni un segundo quieta. Se oye el timbre de la cancela, es puntual, una cosa que en casa siempre ha gustado. Menos mal, porque los bollos huelen de bien, recién horneados. Ha hecho variedad, unos rellenos de chocolate y otros con base de mantequilla, que son los que huelen de maravilla. Siempre le ha gustado hacer su propia repostería, amasa ella, pero con la pérdida de fuerza en sus manos lo delegó a una amasadora automática, y salen bastante bien.

Voy a abrir. Lo veo con un bañador puesto, una camiseta de tirantes y unas chanclas. Lleva una bolsa en la mano, que me da.

—Os he traído café arábico. A mí me gusta, espero que a vosotros también.

—Oh, gracias, me encanta ese café —dice mi padre, que es muy cafetero y le gusta mucho el café fuerte, como ese.

Se acerca mi madre a él, mientras yo estoy llevando el café a la cocina para prepararlo.

—No sabía si te gustaría el café. Ya veo que sí. Esta tarde has venido preparado por si te toca estrenar la piscina. —Le sonríe.

—Sí, muchas gracias por el aviso. —Le devuelve la sonrisa.

Nos sentamos todos en la mesa. Ya llevo el café hecho en la cafetera y huele muy bien.

—¿Qué tal tu tía?, ¿está bien? —dice mi madre, echando el café en las tazas.

—De maravilla. Están en un crucero en los fiordos noruegos, nos cuenta que todo eso es muy bonito.

—Oye, chaval, ¿tú por qué tienes tantos musculitos? ¿Dónde trabajas? ¿En la obra?

Mi madre y yo lo miramos con cara de asombro por las confianzas de mi padre, mientras nos estamos comiendo un delicioso bollo.

—No pasa nada —nos dice—. Tengo la carrera de Ciencias de Actividad Física y Deporte, y aparte me gusta estar en forma. Y veo que usted también se conserva bien, sale a correr por lo que veo, tiene las piernas muy definidas, tienes poca grasa corporal y brazos y hombros menos definidos.

Madre mía, ha tocado otro de los puntos fuertes de mi padre: el deporte. Recojo la mesa y mientras me dirijo a la cocina, mi padre sigue diciendo:

—Chaval, primero, hago abdominales; segundo, corro diez kilómetros diarios, y tercero, mañana quedamos y te lo demuestro.

—Me voy a la piscina —le digo, dejándolos en su conversación.

Me pongo la toalla en el césped y coloco el móvil al lado, porque sé seguro que si Érica me ve en el césped vendrá a la piscina. A los dos segundos suena el móvil.

—Bajo contigo.

—Está Darien en mi casa.

—¿Sí? Bajo ahora mismo.

A los diez minutos está aquí tocando a la puerta. Le abro, se coloca conmigo en la piscina.

—¿Qué hace aquí?

—Mi madre lo ha invitado a merendar y ha venido.

Érica me mira con cara de asombrada, cuando los oímos salir de casa enfrascados en la misma conversación que hace veinte minutos.

—Érica, ¿quieres merendar? —le pregunta mi madre.

—No, gracias.

Mi padre y Darien salen con los pies descalzos. «¿Qué irán a hacer?». Son los dos igual de altos, mi padre mide 1,85 cm, y él igual.

—¡Sofía! Me va a enseñar algunas técnicas de judo —exclama todo emocionado.

Dentro de nada, los veo a los dos dentro de la piscina a empujones…

6

Esta noche hace un poco más de frío en la playa que días anteriores, igual tienes un calor asfixiante que de repente se pone a llover.

Aunque todo el mundo sabe lo que está ocurriendo con el clima, mucha gente no es del todo consciente de la situación, sea por ignorancia o porque no lo quiere ver. Deberíamos remar todos a una, como en un banco de peces atrapado en la red de caza; cuando todos nadan en el mismo sentido, pueden romper las redes. Por otro lado están los intereses políticos y, sobre todo, económicos. Pero con esta situación hay que dar pequeños pasos, el medioambiente es de todos.

Hoy el día ha estado nublado. No han traído leña, tenemos tres faroles solares que iluminan bastante bien, son los que nos llevamos cuando vamos de acampada o en excursiones de un día a la montaña, para investigar cuevas.

Estamos hablando de que cada uno se va a ir de vacaciones a sitios distintos y, como todos los veranos, yo me quedo sola. Bueno, creo que este año con Darien. Siempre se quedaba Esteban, pero este año ha decidido irse con su primo Isma. Últimamente está raro conmigo, antes me llamaba a todas horas por si iba a salir y ahora casi ni me habla. No sé, su problema será.

—Podíamos hacer, como todos los años, un fin de semana de multiaventuras antes de irnos a nuestras vacaciones —dice Andrés. A todos nos parece buena idea.

Desde hace ocho años vamos al mismo sitio. La primera vez que lo organizamos se vino mi padre y no sé quién se lo pasó mejor, si él o nosotros.

—Bueno, pues yo os tengo que decir que ya tengo la reserva hecha, he llamado a Víctor, el encargado del complejo, esta mañana. Pasado mañana salimos. He reservado para los nueve que estamos aquí, me ha dicho que ya contaba con nosotros, como todos los años —dice Santos—. También van a venir tres amigos míos, si no os importa.

—No, para nada —decimos.

—Muchas gracias por agilizar la reserva, que siempre esperamos a última hora —comenta Viki.

—Pues nada, ya lo tenemos solucionado —dice Andrés cogiendo a Berta por el hombro.

Santos es gay, también travesti, le encanta la fiesta. Lo conocemos desde toda la vida, hasta que al final nos lo confesó, aunque todos nos lo imaginábamos. Alguna vez nos ha hecho algún *show* para algún cumpleaños nuestro y está guapísimo de mujer; de hecho, él se ve guapa. Pero en multiaventuras no lo dirías, se atreve con todo, es bastante bueno en todos los deportes, muy competitivo.

Darien está sentado a mi lado, tocándome hombro con hombro.

—También ha contado conmigo, qué majo —me comenta.

—Pues no lo has visto en plena fiesta, te lo pasas un montón de bien con él. —Lo miro a los ojos fijamente—. Vas a venir, ¿verdad?

—Claro, no me lo perdería por nada del mundo.

Me quita un rizo del rostro y me lo coloca detrás de las orejas, dejando deslizar sus dedos por el cuello. Me sonrojo, bajo la mirada, y por el rabillo del ojo veo que sonríe.

7

Hoy me he levantado eufórica, tengo que buscar el traje de neopreno, las zapatillas de *tracking* y prepararme la ropa en la maleta. Voy de un lado para otro de la habitación, también miro en el armario de estudio, que allí tengo el neopreno. Me cruzo con mi padre, que está igual de nervioso, pero él por su entrevista. Se ha planchado la camisa y está buscado una corbata cuando entro en su habitación para coger las zapatillas de neopreno, que están guardadas con las de mi padre, porque en mi armario no me caben, ni en el armario del estudio.

—Sofía, átame el nudo de la corbata, que eres magnífica para ello. Te sale igual de bien que a tu madre.

Mi madre ha bajado a hacer el desayuno.

—Bueno, papá, que mañana nos vamos al multiaventuras todo el fin de semana.

—¿Va Darien también? —Yo asiento con la cabeza—. Me gusta ese chico. —Camina dos pasos por el pasillo, se para en seco, se gira serio como creo que nunca lo he visto—. Sofía, sé que eres muy inteligente, pero quiero que sigas pensando con la cabeza. —Me empiezo a poner roja porque sé a lo que se refiere.

Hoy el tiempo no ha mejorado nada, sigue nublado. «Vaya verano, espero que mañana salga el sol». Ya lo tengo todo colocado para meter en la maleta. Llevo una sábana fina —no sea que tenga frío por las noches—, el neopreno, bikinis, toalla grande, las zapatillas, unas chanclas y la ropa que me voy a llevar.

Bajo a desayunar, hoy lo hacemos dentro porque no apetece nada fuera.

—Mamá, mañana nos vamos al multiaventuras.

—Muy bien, hija, ya he notado que estabas buscando cosas en los armarios y me lo he imaginado. ¿Cuántos días?

—Dos. Esta tarde hemos quedado para pagarle tren de ida y vuelta, estancia y los deportes a Santos. Víctor nos ha guardado la casa rural de todos los años, qué majo es…

—Sí, la verdad es que sí —asiente ella.

Mi padre se levanta para ponerse la chaqueta. Lo acompañamos a la puerta, está temblando.

—¿Llevas los currículums y la carta de recomendación de la facultad? —le pregunta mi madre.

—Sí, mamá —le responde en tono burlón, dándole un beso, y me da otro a mí.

Se mete en el coche, da la vuelta, le decimos adiós con la mano y, a unas cinco casas, se para a hablar con alguien. Me parece que es Darien. Al momento sigue recto, y en el fondo de la calle gira hacia la derecha.

Darien se está acercando donde estamos nosotras, mi madre entra en casa.

—Hola, buenos días, aunque hoy no parece muy bueno.

—Hola, eso parece.

—Le he preguntado a tu padre que dónde podía comprar un traje de neopreno, para mañana. Me ha comentado que, si me viene el suyo, me lo presta.

—Bien, pasa —le contesto.

—Buenos días, señora Dalia.

Al cruzar la entrada, mi madre le sonríe.

—Buenos días, Darien.

—Mamá, subimos a buscar el neopreno de papá, para él —señalándole—. ¿Piensas que le vendrá?

—Sí, yo creo que sí.

Pasa conmigo, se apoya en el escritorio, mientras yo busco el neopreno.

—Tu padre me ha dicho que no se me olvide esta tarde salir a correr con él. Te traeré el dinero y le pagas tú a Santos lo mío, ¿vale?

—Bien —respondo.

—También me ha dicho que cuide de ti —me vuelve a decir—. Le he contestado que te cuidaré como a mí mismo.

En ese momento me giro y le doy el neopreno para que se lo pruebe. Está sonriendo, y yo también le sonrío. Voy a por las zapatillas de neopreno mientras se prueba el traje, encuentro también sus zapatillas de *tracking* y se las llevo.

—Ya estoy —me avisa.

Cuando entro le veo un culito prieto y perfecto.

—Te sienta muy bien.

Le presto las zapatillas, que también le están perfectas, salgo fuera para que se desvista y voy a buscarle una bolsa.

—Bueno, me marcho. Ya nos vemos.

—Adiós, Darien. Nos vemos mañana —le digo.

Mi madre se despide de él con la mano en la puerta de entrada:

—Vuelve cuando quieras.

Esperamos a la hora de comer, la llegada de mi padre de la entrevista. Ya tenemos la comida hecha y nos sentamos a esperarlo en el porche. Al momento aparece con el coche, baja de él con una sonrisa amplia y la camisa medio salida del pantalón, seguro que de haber estado saltando en algún sitio, como viene haciendo desde que ha salido del coche hasta la puerta de casa. Significa buenas noticias. Nos abrazamos, entramos los tres juntos dentro de casa, que casi no cabemos por la puerta, pero él sin soltarnos. Sube a ponerse más cómodo, y nosotras ponemos la comida en la mesa. De repente baja los escalones de dos en dos como si fuera un chiquillo y dice:

—¡Tachán! Me han contratado, empiezo el lunes.

Nosotras lo miramos.

—Papá, creo que nos hemos enterado cuando has bajado del coche. —Lo vuelvo a abrazar.

Entonces nos empieza a contar:

—Sí, la verdad es que estoy contento. Es una multinacional de tecnología, como bien ya sabíamos, y tiene muchas sedes a nivel nacional, con distribución propia en web, que le proporciona muchos beneficios. Mi función sería llevar toda la contabilidad de las sedes, siendo la principal en la capital. Tendría que trabajar fuera toda la semana e incluso, seguramente, me traería trabajo a casa, ya que todos los principios son duros. Quiero hacerlo bien y quedarme en esta empresa. Me veo capacitado.

—Me parece muy bien, pero ¿solo estás tú de contable?

—No, el lunes me presentarán a mi compañera, porque ella sola, con tanto volumen de trabajo, ya está muy saturada. Yo seré un complemento para ella, el lunes me explicarán.

Continúa hablando de cómo es la empresa, se le ve fascinado, y nosotras estamos muy contentas por ello. Seguimos comiendo enfrascadas en su conversación.

8

Voy caminando hacia la casa de Santos, como habíamos quedado. Al final, soy yo la que llevo el dinero de casi todos: Érica se va a comprar con su madre; Darien se va a correr con mi padre; Esteban y Samuel han ido a comprar cosas para la zapatería, y Andrés y Viki le han dado el dinero a Berta.

En las calles, para ser verano, no hay mucha gente. El día no acompaña, sigue estando nublado y hace un poco de frío, pero agradable. Caminando por las calles, se respira tranquilidad, estos momentos de soledad parecen que te llenan el alma: nadie te molesta, puedes pararte en los escaparates de las tiendas… Giro una esquina y veo a dos perros jugando en el parque, las pocas hojas que quedan en los árboles hacen ruido al chocar entre ellas. Parece un día de primavera nublado a mediados de verano.

Llego a casa de Santos y Berta, toco a la puerta y me abre Santos, con la cara medio maquillada. Yo me quedo asombrada.

—Pasa, pasa, no quiero que me vean medio Santos y medio Santa —sonríe—. Estoy practicando maquillajes nuevos.

Un ojo lo lleva perfectamente pintado, del párpado hacia arriba lleva dos tonalidades de rosa, degradada a lila en la parte superior, junto con una ceja pintada a lápiz de color. Está muy bien la combinación, pero por las pintas que lleva, con un ojo maquillado y el otro al natural, parece un deforme.

—Te dejo el dinero de los que faltan. Mi padre y el de Érica nos pueden llevar a la estación. A la vuelta ya vendrá quien pueda, ya los llamaremos.

—Yo me voy en el coche con mis amigos, que vienen aquí, y así ya sois ocho para iros en dos coches —me comenta—. Ahora me voy, cuando lleguen, aunque no creo que tarden ya mucho, a la estación a recoger los billetes. No veas lo que me costó que el señor de las taquillas del tren me las reservara, me decía que fuera hoy, pero yo no quería que nos pusieran a uno en cada esquina del tren —me cuenta mientras se desmaquilla, junto con unos movimientos de caderas y manos imitando lo que le dijo el señor de la taquilla.

Yo me río entre dientes al verlo ahora e imaginármelo hablándole al señor, pero es una risa desde el buen corazón.

Al momento oigo el timbre de la puerta. Recoge todo en milésimas de segundo, se pone a caminar hacia la puerta. En esos instantes nadie diría que no es heterosexual. Al abrir la puerta vemos que son sus dos amigos. Se dan besos y abrazos.

—Bueno, ¿y esta preciosidad? —dirigiéndose a mí.

—Ella es Sofía. Ellos son Santi y Alberto —me presenta.

Los beso.

—Yo ya me voy, te dejo el sobre en la mesa.

Me dirijo a la puerta mientras Santos les está diciendo que esta tarde tienen la casa para ellos, que sus padres y su hermana se han marchado a hacer cosas.

Como hoy hace un día agradable para pasear a estas horas, hago el camino largo hasta mi casa. Sigo todo recto por la casa de Santos hasta el final de la calle, giro a la izquierda y camino dirección a mi casa. Cuando estoy a la altura de casa de Darien, lo veo llegar corriendo. Se para delante de mí con la respiración un poco acelerada y observo las gotas de sudor por todo su cuerpo y el pelo medio mojado, ya que lo lleva un poco más largo por delante que por detrás. Es aún más guapo y atractivo, sobre todo cuando me mira a los ojos, que hoy se le ve más; con el sol no se los he visto tan abiertos, y realmente los tiene grandes.

—Ven, pasa, que no hay nadie. Me ducho y nos vamos a dar un paseo.

Asiento con la cabeza.

Él duerme en la misma habitación que yo. Lo espero en la cama mientras se ducha y veo en las mesitas unos cuadernos de oposiciones para las fuerzas armadas. Los ojeo mientras tanto.

Sale con los pantalones puestos y sin camiseta. Levanto un poco los ojos para mirarlo tímidamente y, cuando va de espaldas hacia el armario, levanto toda la cabeza para verlo bien. Al girarse, le digo:

—¿Te estás preparando oposiciones para las fuerzas armadas?

—Sí, he decidido alistarme a las fuerzas armadas, pero primero tengo que pasar una prueba. ¿Nos vamos ya a dar un paseo por la playa? —Y se lleva las manos al pelo mojado, retirándoselo hacia atrás. Cuando se lo deja caer, lo tiene a mitad de la frente.

Cojo mi bolso y salimos. Parece que hace más aire que antes, ahora es más cálido. Qué tiempo más raro, hace un momento frío y luego calor.

—¿Si apruebas el examen ya entras?

—Tengo que pasar también unas pruebas físicas y una entrevista personal. Aunque solo se hacen pruebas físicas si hay más gente aprobada que vacantes.

Le confirmo con la cabeza. En ese momento me coge un rizo, me lo coloca detrás de la oreja acariciándola.

Ya estamos por la arena, me quito las sandalias para andar mejor. El día sigue más nublado que antes, parece que va a llover. ¡Es un poco increíble que llueva en julio!

—Y qué me cuentas de ti, ¿qué estás estudiando? Seguro que también te gusta leer, tienes un montón de novelas en tu estudio.

—Qué observador eres. —Le sonrío—. Estoy estudiando Biotecnología, este año hago el trabajo de fin de carrera, y al año que viene, titulada. —Vuelvo a sonreír—. Podemos sentarnos en estas dunas y nos cobijamos un poco de este aire.

Llevo todo el pelo revuelto a causa del viento, no me he traído una goma y me estoy poniendo nerviosa.

—Bien, ¿aquí te parece bien?

—Sí, bien.

Se sienta con las rodillas hacia el pecho y yo me pongo de rodillas, con el culo apoyado en la arena. Ahora el aire ha bajado un poco, estamos entre dos montañas de arena, y ya no me molesta tanto el pelo.

—¿En qué consiste la biotecnología?

—Se utiliza en muchos aspectos, tanto en medicina como en industria, medioambiente, el mar… Resumiendo, se pueden crear o modificar productos o procesos para uso específico mediante el ADN.

Me escucha muy interesado y a mí me encanta hablar de mi carrera.

—La biotecnología roja es la médica, diseño de organismos para producir antibióticos, vacunas… La blanca es industrial, se utiliza un microorganismo para producir un producto químico…

—Perdona un momento —me interrumpe—. ¿De un microorganismo se puede hacer un producto químico?

—Claro. —Le sonrío—. El ejemplo lo tienes en la levadura del pan o de cerveza. En el pan, la masa madre se hace con microorganismos, solo se le pone agua y harina, y crecen microorganismos. Ellos van alimentándose de la harina, produciendo la fermentación, que es una reacción química. Pasados unos días, ya se puede utilizar para hacer pan. Y en la fermentación de la cerveza es con un mosto dulce de malta.

—Qué curioso, no me lo imaginaba —me dice sorprendido—. Continúa, es muy interesante.

—Después está la biotecnología verde, que es para el medioambiente. Han podido hacer crecer plantas en condiciones ambientales adversas. Y, por último, está la azul, que estudia los microorganismos del mar.

—¿Qué opinas de la clonación?

—En botánica es donde más se hace, han clonado flores idénticas y han deducido si un gen es dominante frente a otro gen.

—Yo vi hace muchos años la noticia de clonación de una oveja llamada Dolly. ¿Sabes cómo fue?

—Claro…

«Parece que me ha caído una gota de agua en el brazo».

—Fue muy sencillo, cogieron un óvulo de una oveja, le eliminaron su núcleo, lo sustituyeron por un núcleo de célula adulta, creo que era de una mama de otra oveja, y eso se lo implantaron a una tercera oveja que hizo de vientre de alquiler.

—Asombroso. Parece que está empezando a llover —me dice—, será mejor que nos volvamos a casa.

—Bien —respondo, y continúo emocionada hablando del tema—: Pues lo que se está estudiando ahora es intentar mejorar genéticamente, sobre todo se busca la recombinación genética para la cura de enfermedades crónicas.

De repente empieza a llover fuerte. Me coge de la mano y me empuja a correr con él.

—Corre, vamos al puesto sanitario, que hay un porche.

En un minuto me encuentro empapada. Cuando llegamos al porche del puesto de socorro, donde ahora no hay nadie, está cerrado, y empezamos a reírnos.

—¡Madre mía, la que está cayendo en un momento!

Sigue corriendo aire y ahora, con la ropa mojada, tengo frío y sin darme cuenta empiezo a temblar, frotándome los brazos para calentarme. Darien está apoyado en las baldas de madera que hacen de pared y me mira con ojos brillantes. Se acerca a mí y me empieza a frotar los brazos.

—No te quedes en la esquina, ven más a la pared. ¡Tienes frío! —me dice.

Estoy tiritando. Él se apoya en la pared, me envuelve entre sus brazos. Yo me apoyo en su pecho, que aunque está mojado es muy cálido, y él sigue frotando mi espalda. Tengo los brazos entre su pecho y el mío, me está acariciando el pelo. Cuando se apoya en una repisa de madera que está a la altura de sus caderas, se pone a mi altura. Con sus brazos en mi cintura, separa las piernas, y mi cuerpo se queda más pegado a él. Estoy rodeada de sus brazos y sus piernas. En un momento de calor que me entra, todo el frío se va. Me mira a los ojos, me acaricia suavemente la cara, deslizando sus dedos por los pómulos. Ahora tiemblo, pero no sé por qué. Apoya su frente en la mía, roza su nariz con la mía, siento sus labios en la mejilla, esponjosos, cálidos, y a continuación roza suavemente mis labios. Me mira a los ojos y vuelve a poner sus labios en los míos, con más intensidad, sintiendo el roce de su lengua en la mía…

De repente, me suena el teléfono. Doy un bote, vuelvo a la realidad. Darien me suelta una mano de la cintura para que pueda coger el teléfono, pero la otra me tiene sujeta.

—¡Mamá!

—Sofía, hija, ¿dónde estás con la que está cayendo? Te has ido sola y estoy preocupada —con voz nerviosa.

—No te preocupes, que estoy en un porche ahora. Cuando deje de llover iré para casa.

—¿Pero estás sola?

—No, mamá, estoy… —lo miro a los ojos, los dos con sonrisa cómplice— con Darien.

—Ah, bueno. —Su voz de repente se tranquiliza—. No llegues tarde.

—No, mamá.

Vuelvo a meter el teléfono en el bolso, le cojo del cuello suavemente y le doy un beso, diciéndole:

—¿Por dónde nos habíamos quedado?

9

Qué bien he dormido esta noche. Parecía sentir sus labios en los míos desde que me acosté. Hoy me siento ilusionada, ya tengo mi mochila preparada y en la puerta.

Subo las escaleras, me pongo en la puerta de la habitación de mis padres. «¿Se habrá despertado? Como no le haya tocado el despertador... Voy a despertarlo». En ese momento se abre la puerta y sale mi padre con los ojos pegados.

—Tú para ladrón no sirves, he oído cómo cerrabas la maleta. ¡Qué pasa! ¿Te has llevado todo el armario? La has cerrado a golpes, como te pesaba tanto la has bajado escalón por escalón y ahora estás caminando como un ratón enfrente de mi puerta... Anda, ve abajo y haz café.

Le sonrío y, mientras estoy bajando, le digo:

—No salgas así al pasillo, que te van a ver y pareces más viejo. —Suelto una carcajada vengativa.

Se vuelve a cerrar la puerta y no entiendo lo que está replicando. Cuando baja ya tiene el café en la taza y unas tostadas de mermelada en un plato. Se sienta y le pregunto:

—¿Tendrás que ir siempre de camisa y pantalón con corbata al nuevo trabajo? Se acabaron las deportivas y el chándal. —Le sonrío—. El huerto..., no te preocupes, yo te lo cuidaré cuando no estés.

Nos hemos repartido en los dos coches: Berta, Viki, Érica y yo con mi padre, y en el coche del padre de Andrés, él mismo, Samuel, Esteban y Darien.

Ayer tarde le recomendé que fuera con los chicos porque nosotras repasamos todo lo que nos hemos llevado y nos gusta hablar de ropa, maquillaje, secadores… Y él dijo: «Sí, sí, sin problemas».

Llegamos a la estación. En la puerta nos estaban esperando los amigos de Santos, que habían cogido un taxi antes. Todos muy alegres y haciéndonos bromas, subimos al tren. Darien me coloca las manos en la cintura muy suavemente y me sube de un salto en el tren. Empiezo a ruborizarme. Da un salto, entra, me coge de la cintura y me besa muy suave. Me siento como en aquel sueño, como si volara. Ha pasado todo en apenas unos segundos, nadie se ha dado cuenta. Me sonríe, se vuelve a bajar a por las maletas de las chicas. En el arcén están todos los chicos con las mochilas ayudándose a colocárselas para poder subir.

Ya todos arriba, colocamos nuestras cosas en la parte de arriba de nuestros asientos. Nos volvemos a colocar sentados como en los coches. Yo lo miro y le sonrío; él me corresponde. Veo esos ojos brillantes con su sonrisa perfecta.

—¿Qué hiciste ayer por la tarde, Sofía? —me interroga con una mirada de entrevista que solo Érica pone cuando sabe que ocurre algo—. Te veo muy contenta. —Ahora con una sonrisa maliciosa.

—Estuve con Darien. Sí…, pasó algo.

—¡¡Sí!! —exclamaron todas al unísono.

Los chicos se empiezan a reír de nosotras.

—¿Qué?, ¿ahora también tenéis pensado formar un coro y estáis ensayando? De vosotras no me extrañaría —comenta Andrés. Nos reímos todos.

—Esa lluvia tan inesperada en pleno julio era seguramente para nosotros. Nos empapamos y él me cogió para que no pasara frío, y todo fue rodado. Nos besamos.

Todas, muy emocionadas, se alegran por mi situación.

—Me alegro de que por fin te dejes llevar por alguien, que mal gusto no tienes. Ya está bien de ser tan mayor y responsable: tu casa, tus estudios… Ya te tocaba un verano diferente —sonríe cariñosamente Berta.

El sol ya se ve alto, estamos empezando a ver en el fondo las montañas, donde se pueden ver pequeños pueblos en la ladera. Tiene que ser muy bonito vivir en ese tipo de lugar, una casa con chimenea en mitad de la montaña, pero reconozco que estaría bien para un fin de semana; para toda una vida, me aburriría.

Viki se levanta para ir al aseo y en ese momento se levanta Andrés y se sienta en su sitio, al lado de Berta. En ese mismo instante se levanta Érica.

Estoy mirando por la ventana un color anaranjado. Se empieza a iluminar un pequeño riachuelo, dejando una imagen embriagadora, el sol entre las montañas reflejando sus rayos en el agua.

Siento una mano que me toca el pelo, una respiración cálida se acerca a mi oído y me dice:

—La belleza del paisaje se refleja en tus ojos.

Sonrío, me giro. Darien está sentado a mi lado cogiéndome mi mano.

—Me ha dicho Érica que me llamabas.

Levanto la vista hacia ella, que me está sonriendo y saludando.

—No, pero vale. —Me acerco a su oído—. No me molestas para nada. —Y le doy un beso en la mejilla. Él me acaricia la cara.

Llegamos a la parada del tren. Hay cuatro paredes con cuatro sillas dentro, dos ventanas y una máquina expendedora de *tickets*. El arcén tiene unos diez metros, nos apeamos todos y ahora nos toca caminar unos tres kilómetros montaña arriba con las mochilas y maletas. Estamos acostumbrados y la subimos muy bien con el peso que llevamos.

Esteban lleva una caña de pescar y una silla pequeña de playa, y como no quiere llevar la silla en la mano, coloca la caña de pescar entre las dos asas de la mochila por la parte de abajo —la mochila le llega desde la cabeza hasta las caderas— y cuelga la silla en el mango de la caña. Para hacer contrapeso, ata un hilo de pescar en la otra esquina de la caña y se lo enrolla en la muñeca. No sé si es la mejor manera de llevar la silla, pero nos reímos un rato al verlo.

Santi y Alberto cogen una rama gruesa y se la colocan en los hombros entre las mochilas, lo suficientemente larga para que en el medio puedan poner las zapatillas que se acaban de cambiar por las de *tracking* para que se ventilen. Ocupan toda la acera de peatones. Todo un *show* viéndolos, se les ocurre cada cosa... Nos reímos.

Cuando llegamos a la entrada del *camping,* Esteban ya lleva la silla sobre el cuello, y Alberto y Santi, cada uno con sus zapatillas atadas en sus respectivas mochilas.

Desde la entrada, a la derecha se deja ver, entre unos abetos, la piscina, donde hay un trampolín y un tobogán de tubo. A la izquierda, un *parking* grande de coches, y enfrente hay un pasillo para peatones y una barrera para coches. Al lado de la piscina está la recepción, donde nos espera Víctor. Detrás se ven unos adoquines, que es por donde se llega a los bungalós. Los primeros son de madera, que los han construido hace unos años; antes era zona de acampada. Los del final, cerca del río, son de ladrillo y se ven un poco viejos pero muy confortables.

Víctor nos recibe con un gran entusiasmo, es una persona muy familiar, nos conoce muy bien de tantas veces que lo visitamos. Nos acompaña hasta nuestra casa, la última de todas, la más espaciosa. Siempre nos hospedamos en la misma, la consideramos nuestra casa de vacaciones.

Es totalmente cuadrada, en la fachada principal tiene una puerta de madera que, si aún no la ha arreglado —y pienso que no—, hace un ruido estridente al abrir. Seguidamente, dos ventanas, también de madera y con unas rejas de forja, dan al comedor, que es muy amplio. Al entrar se ve el comedor, y a la derecha, la cocina, que es alargada y estrecha, caben cuatro persona de perfil. Pegado, el único cuarto de baño que hay, con una amplia ducha. Las siguientes tres puertas contiguas son habitaciones con dos camas de matrimonio en las dos primeras; la tercera es más grande y hay dos literas. Nos han dejado colchones hinchables con motor para el resto en el comedor. Siempre duermo con Érica y Viki en una habitación con cama de matrimonio junto a un colchón hinchado, pero en este viaje no sé con quién voy a dormir.

Nos ponemos rápidamente los trajes de neopreno, nos han reservado la salida del siguiente *rafting* dentro de diez minutos. Dejamos las mochilas donde podemos y salimos dirección al río.

La estampa que vamos viendo al acercarnos es espectacular. El río está llegando entre dos montañas, donde lo ves pequeño, y se va abriendo hacia nosotros, para luego seguir su curso hacia abajo. Las montañas son altísimas, se nota el paso de los años en ellas, por la erosión observable en la ladera de las mismas.

En cinco minutos estamos todos sentados en la balsa con el arnés puesto y enganchados a las cuerdas de seguridad. El instructor, Javier, es una persona de cuerpo atlético, inglés de nacimiento y residente en España desde hace unos meses. Es nuevo en el *camping*, y poco hablador. Víctor nos lo asignó al saber perfectamente que nosotros novatos no somos. El chico lleva poco tiempo, a lo mejor le enseñamos más que él a nosotros.

Estoy ilusionada de que esté Darien a mi lado, a él se le ve nervioso.

—¡Comenzamos! —exclamamos todos al unísono, mientras nos empieza a mover la corriente, que nos lleva hacia el lado contrario.

Tenemos que impulsarnos con los remos en las rocas para volver al tramo. Empezamos a descender a toda velocidad, sentimos como la adrenalina nos llega… Tenemos que dominar el movimiento para controlar la balsa en las aguas bravas. Hay momentos en que doy pequeños saltos y siento cómo el estómago sube en el aire y vuelve a bajar cuando volvemos a tocar agua. El siguiente tramo es tranquilo, se escucha el agua rozando con las pequeñas rocas, pero ese instante dura poco, pues volvemos a oír el rugir del agua en la siguiente pendiente chocando entre diferentes corrientes. Tenemos que volver a tener el control de la balsa… Así un par de tramos más hasta que llegamos al final del recorrido, en esta zona las aguas son ya totalmente tranquilas.

Al acercarnos a la orilla, nos espera otro instructor:

—No os quitéis el arnés, que Víctor me ha dicho que os lleve a un lugar que os va a encantar y es una sorpresa. Vais a ser nuestros conejillos de Indias. Es un lugar nuevo, queremos que valoréis. Nuestra intención es introducirlo como nueva actividad en el *camping*. Necesitamos conocer las sensaciones que tengáis en cada zona del recorrido. Seguidme, por favor.

Todos con una cara de asombro, desconcertados, lo seguimos, y este se vuelve a girar y nos dice:

—Tranquilos, es muy emocionante y no os pasará nada. ¿Os gusta la espeleología? —Todos nos quedamos con la misma cara de no saber qué decir—. Pues hoy lo vais a descubrir. Por si alguno no lo sabe, es la exploración de cavidades subterráneas.

Haciendo senderismo con los compañeros, buscando nuevas rutas, vemos una entrada, pero preferimos esperar al mes de junio, con la mejora del tiempo, para entrar con todas las precauciones del mundo. Descubrimos algo enigmático, estamos considerando hacer una ruta. A Víctor se le ocurre la idea de, como somos clientes habituales, darnos una primicia.

Esteban e Ismael deciden no ir, se encuentran un poco agitados del *rafting* y prefieren descansar plácidamente en un pequeño prado al aire libre. Creo que Ismael tiene pánico a los sitios cerrados, claustrofobia, y su primo quiere acompañarlo.

Comenzamos a subir por una carretera de tierra unos quinientos metros y allí vemos tres todoterrenos enormes de color caqui y con ruedas anchas. Parecen los furgones blindados que llevan el dinero de los bancos a la central. Por dentro son para seis personas.

El instructor nos dice:

—¿Quién quiere conducir el siguiente Hummer?

Darien y Andrés se ofrecen. Nos repartimos entre los tres. El instructor conduce el primero, y los otros dos los siguientes.

Al encender el motor se siente un rugido suave, agradable, no como la cafetera de mi padre, que cuando le acelera parece que se va a desmontar en cincuenta segundos. Yo le digo: «Papá, voy a contar hasta tres y empiezo a sacar los pies como los Picapiedras, que creo, y solo lo creo, que llegaremos antes». Espero que le vaya bien en el trabajo y compre un coche nuevo.

Empieza a mover esas enormes ruedas. Pasamos por encima de las piedras y la amortiguación es tan buena que los asientos apenas se mueven. Después de unos treinta minutos en el camino de piedra, rodeados de mucha vegetación, llegamos a un desvío donde el camino se estrecha a la medida justa del todoterreno con una inclinación ligeramente hacia abajo. Nos dirigimos hacia una explanada donde se nota que, poco tiempo antes, han estado aparcados los vehículos, pues aún se observan las marcas de las ruedas en el suelo.

Vemos una entrada a una cueva de dos por dos, situada en la base de una montaña y rodeada de mucha vegetación. Nos dirigimos hacia la entrada. Nos indica el instructor que nos pongamos en círculo y empieza a decirnos:

—Esta cueva la encontramos de casualidad, hicimos una parada para observar el paisaje, las condiciones, y la vimos. Queremos que os introduzcáis en ella, porque sois las personas que han superado todas las actividades que tenemos en el *camping*. —Sonríe—. Hacéis todas las actividades cuando venís. —Reímos todos—. Os tengo que decir que hay momentos en que realmente se pasa miedo, pero tenéis que pensar que el miedo es algo subjetivo, decidimos tener miedo porque nuestra mente nos dice eso. Para ella, es nuevo, desconocido, salimos de nuestra zona de confort. Es nuestra defensa ante los peligros. Nosotros vamos a pensar mientras avanzamos que vamos a encontrar algo maravilloso e inolvidable. Debéis tener claro que estamos en un entorno de seguridad y no va a suceder nada, lo hemos realizado un montón de veces. El final… es inolvidable y espectacular. Tenéis que ser fuertes mentalmente. La ruta no es acta para todos los públicos, solo para los más atrevidos.

«¡Madre mía! ¿Dónde vamos a entrar?». Mientras nos está hablando, nos estamos pasando una cuerda entre el arnés de todos, y también nos están colocando según nuestro peso, para más seguridad. Nos atan la cuerda al arnés. Darien se encuentra en último lugar, y detrás de él, un monitor. Nos colocamos los cascos de minero, encendemos las luces y comenzamos a entrar en fila india, el instructor va el primero.

En unos instantes, noto la humedad al apoyar las manos en las rocas. Saltamos algunas piedras, previa indicación, y empezamos a inclinarnos un poco porque el techo está un poco más bajo. Llegamos a una zona donde cabemos bien en círculo todos. Entonces nos indica que ahora tenemos que andar a cuatro patas, pero que no pasará nada, la salida está a cinco metros y se ve desde la entrada. La observamos, vemos que el camino es bastante ancho, pero es de un metro de alto. Empezamos a entrar uno detrás del otro. La sensación que tenemos es de falta de aire y parece que nos vamos a ahogar. Entonces recuerdo todo lo que nos dijo en la entrada y al momento oímos su voz diciendo:

—Recordad, vais a ver algo maravillo. Seguid avanzando.

Cuando veo ya la salida, tengo mis pies sobre la tierra húmeda. Lo que observo es alucinante, un millón de lucecitas pegadas entre sí iluminan las estalactitas, donde se ve una seda colgada de las luces. Es un espectáculo de luces, igual que cuando se decoran las casas en Navidad con el espumillón y las luces, pero en un sitio frío, oscuro e iluminado por ellas, las luciérnagas.

El instructor nos dice que la formación de la seda es para atraer a sus parejas. Seguimos andando e intentamos hacer el mínimo de ruido. Volvemos a introducirnos entre las paredes estrechas y hacemos un recorrido en forma de L. Al final de este recorrido se abre ante nuestros ojos un inmenso lago subterráneo de agua pura azul cristalino, rodeado de estalagmitas y estalactitas en su interior. Tal es la claridad del agua que se puede observar lo sumergido. En el techo, un agujero grande que deja entrar los rayos del sol y otorga a aquel paisaje una magnífica belleza.

—Estamos investigando otras entradas para llegar aquí por diferentes rutas, pero por ahora la más segura es esta.

Volvemos sobre nuestros pasos. Al llegar a los coches la sensación que tenemos es de satisfacción, se nos ve a todos emocionados por la experiencia y el poco miedo que sentimos. No es nada en comparación con la sensación de ahora, después de haber visto algo espectacular.

10

Volvemos en el 4×4. Darien está sentado a mi lado, ahora están conduciendo los instructores. Me coge de la mano.

—Es una de las cosas más bonitas y emocionantes que he visto en mi vida, y lo he hecho contigo. Pinta muy bien nuestro comienzo.

Me da un beso, mientras pienso: «Hemos comenzado algo y ha sido tan natural». Siempre piensas en el príncipe azul de los dibujos, que algún día llegará con su capa azul y su caballo blanco, pero la realidad es que nunca me había planteado cómo sería comenzar una relación. Y ha sucedido. Hay que decir que es una bellísima persona, entre otras cosas. Me apoyo en su hombro cálido.

Llegamos a la casa. Nos ponemos en el comedor, todos sentados en las sillas y los sofás.

—Vamos al súper a comprar algo para comer —comenta Andrés—. Algo rápido que podamos hacer para la cena, y bebida para esta noche. Cuando volvamos, miramos qué actividades tenemos esta tarde.

—Sí, bebida para esta noche, que os voy a hacer un espectáculo de *drag queen*. Víctor me ha prestado un micrófono y unos pequeños altavoces, para deleitaros con mis cantes. —Reímos todos—. Yo no voy a hacer ninguna actividad esta tarde, iré a bañarme al río, descansaré unas horas y luego me prepararé para la gran noche —comenta Santos.

Vamos al súper, compramos un par de botellas de alcohol, patatas, huevos, leche, café… Un poco de todo para esta noche y mañana.

Entre todos preparamos para comer. Mientras algunos hacemos la tortilla de patatas, otros ponen algo para picar en el centro y las bebidas.

Terminamos de comer, se están durmiendo. Darien y yo decidimos salir a ver qué actividades podríamos hacer. Caminamos por las piedras adoquinadas hacia la entrada a ver las próximas actividades. Vamos cogidos de la mano, estamos en un silencio muy cómplice, solo con la unión de nuestros dedos entrelazados, escuchando el sonido de los pájaros. Son diez minutos de relajación que nunca había sentido junto a otra persona.

Cuando llegamos a la recepción, vemos que en media hora comienza una ruta a caballo de una hora. Lo vemos los dos a la vez y nos miramos.

—¿Te apetece? —me pregunta Darien.

—Sí, la verdad.

—Pues hecho. Si quieres, como falta media hora, podemos volver a la casa y decirles si quieren venir.

—Me parece perfecto.

Nos apuntamos y volvemos. Al llegar están todos durmiendo. Entramos con cuidado, bebemos un poco de agua para ir hidratados por el camino y volvemos de nuevo.

El grupo que va hasta las cuadras no es muy amplio, somos una familia de cuatro personas, padre, madre y dos niños de unos diez años, y nosotros dos. A la llegada se puede observar un rectángulo, con un estanque en el centro, donde también se puede ver un motor para reciclar el agua. Hay cuadras en la parte frontal y al lado derecho, dejando libre la parte izquierda, una pradera donde, supuestamente, salen a pastar y descansar los caballos.

En ese momento aparece un jinete vestido tal cual, con sus botas altas de montar, pantalones apretados y casco equino.

—Buenos días —saluda con una sonrisa gentil—. ¡Ya tenemos preparados los caballos según altura y descripción proporcionadas por Víctor! Haremos un recorrido de una hora, durante la que pasaremos por un riachuelo, cabalgaremos en llano e iremos por caminos muy pedregosos. Pero necesito saber si alguien sabe cabalgar o lo ha hecho alguna vez. —Todos movemos la cabeza negativamente—. ¡Ah, carne fresca! —ríe plácidamente—. Pues tranquilos, porque si os gustan los animales, esta es una experiencia muy bonita, con un alto grado de contacto con la naturaleza. Os voy a asignar un caballo a cada uno, debéis tener una toma de contacto con ellos, es decir, los vais a ver, que os vean, vais a acariciarles el hocico… Son muy dóciles. Después de unos cinco minutos con ellos los iréis sacando de la cuadra poco a poco, y seguid acariciándolos. Les pondréis suavemente la montura y yo pasaré y os la ajustaré. Podéis hablarles. Al principio puede ser que tiemblen, sois personas nuevas para ellos, pero enseguida se harán a vosotros.

A mí me asigna uno marrón canela, me llega por el hombro más o menos, y a Darien le da uno blanco bastante más alto que el mío, y está en la otra punta de la cuadra. A mi lado está la madre de la familia, y mientras estamos en el proceso de familiarización comentamos.

—Realmente son animales preciosos, el pelaje, la fortaleza que tienen.

—Sí, son bellísimos y dignos de admirar —comento.

Los sacamos muy despacio de la cuadra. El dueño nos aconseja que demos un paseo por el estanque, caminamos cogidos al arnés del caballo. Llego a la cuadra donde está Darien esperándome y me dice:

—El mío es precioso, tiene unos ojos grandes, negros, y el pelaje blanco roto.

—Sí, todos son maravillosos, tienen una vitalidad y una nobleza dignas de admirar.

Caminamos haciendo el recorrido indicado, ahora los dos juntos. Al acercarnos a la pradera puedo observar un caballo blanco galopando con una bella melena densa al viento, bien peinada, y con una cola igual de densa, pero a cada paso que da, más enigmático se le ve.

Llegamos de nuevo a nuestras cuadras, le ponemos la montura. El chico nos lo ajusta y nos pone un escalón, diciendo:

—Subíos al escalón, poned el pie izquierdo en el estribo e impulsaos sin miedo, el caballo no se moverá. Levantad la pierna derecha y buscad el otro estribo, cuando estéis a horcajadas encima del caballo.

Cuando ya estoy a lomos del caballo, siento entre las rodillas los nervios del animal y es una sensación maravillosa, que te hace pensar: «Este animal, ¡cuánta fuerza debe tener!».

—Ahora os voy a dar indicaciones básicas. Cuando queráis girar a la derecha, separad las riendas de la mano derecha de su cuello y dadle un suave tirón, el caballo se girará. Igual para torcer a la izquierda. Si queréis que os frene, cogéis las dos riendas en la misma mano y tiráis hacia atrás con la misma suavidad. ¿Comprendido? Vamos a practicar un poco. Dadle un suave golpecito con los estribos y comenzad a andar. Damos una vuelta por aquí para ver cómo lo hacéis.

Al darle el golpe con los estribos, el caballo empieza a caminar. Seguimos el recorrido del rectángulo y volvemos a nuestras cuadras.

Salimos de las cuadras en parejas, caminando a la par con Darien. Comenzamos por un camino muy pedregoso, en el fondo se ven unos picos de montañas y, a los lados, unos prados verdes de hierba pequeña. Nos dirigimos a una alborada donde el camino se estrecha. El caballo no se asusta, sigue su camino. Casi tocamos con las rodillas la naturaleza que nos rodea, unos árboles que tapan el cielo. Un olor a oxígeno puro impregna mis pulmones.

Al salir se ve un camino más ancho y el chico nos indica que le demos otro golpe y así lo haremos trotar. Cuando comienza, voy saltando a cada galope. Noto una sensación de libertad, quiero correr más y más, pero el chico me avisa para que lo frene un poco. Me doy cuenta de que estoy la primera de la fila.

—No te emociones tanto —me dice.

Nos dirigimos hacia un pequeño riachuelo, el chico nos indica que paremos para darnos instrucciones.

—Ahora vamos a pasar un riachuelo. Cuando empecemos a bajar, dejad flojas las riendas y él solo se deslizará, pasará por el río y volverá a subir. Arriba lo frenáis hasta que estemos todos.

Cuando empieza a bajar da la sensación de que te vas a caer, pero a la vez el mismo animal te da seguridad.

Salimos a un camino ancho y el chico se acerca a nosotros y me dice:

—¿Has montado alguna vez?

—No, es la primera vez.

—Pues te veo muy bien en el caballo. Va, si quieres trotar un poco más te dejo, pero yo a tu lado.

Comenzamos a trotar, el aire me toca la cara. Siento los movimientos del caballo al compás de los míos. Es toda una gozada, la felicidad irradia mi rostro.

Después del amplio recorrido llegamos a las cuadras y dejamos nuestros caballos. Le acaricio el cuello al mío, felicitándolo por lo bien que lo hemos hecho. Le cierro la puerta y voy con Darien, al que le cojo de la mano.

—Ven, vamos al prado.

Cuál es mi sorpresa cuando llego y veo el caballo en la valla cercana. Me fijo, es un caballo albino: ojos azules e iris negros, sin pestañas por el contorno del ojo; el hocico y el interior de las orejas rosados. Todo él es blanco nácar. Solo le faltaría el cuerno en la frente y diría que los unicornios existen.

Le tocamos el hocico y su pelaje, es suave, sedoso.

—¿Te gusta mi gran jefe? —oigo decir al chico, que se está acercando.

—Sí, es maravilloso. Es albino, ¿verdad? —Con un movimiento de cabeza afirma—. Tiene la falta de metabolización de la tiroxina, ¿puede ser?

El chico abre los ojos asombrado.

—Nunca me lo habían especificado así de bien.

Sonrío. Me explica:

—Es un defecto genético que se transmite de generación en generación y, como bien has dicho, carece del gen que metaboliza la tiroxina, que produce la melanina en sus capas de la piel.

—Yo diría, más bien, una virtud genética por toda su belleza —le contesto mientras observo al caballo.

—Bueno, tiene unos cuidados especiales: no le puede dar el sol mucho, tiene mucho calor… Realmente lo tengo porque me gusta mucho y para que la gente se haga fotos con él, así se gana el pan. Hay gente que solo viene para verlo y hacerse fotos, galopar un poco por el prado. ¿Quieres una?

—Por supuesto, me encantaría.

Se dirige al establo a coger su silla, la coloca. Yo, cogida de la mano de Darien, emocionada, me subo a su lomo. El chico saca la cámara de fotos y dice:

—Gran jefe, saluda. —El caballo levanta la pata.

Al ver la foto imprimida, el caballo tiene una pose fantástica; cómo no, yo también. Pago esa y otra con Darien sujetando las riendas y yo montada. La estampa es para recordar, ya que al fondo se ven las espectaculares montañas.

Decidimos volver dando un paseo hacia el *camping,* que estará a unos tres kilómetros de distancia. El chico de las cuadras, muy amable, nos da un mapa con los posibles senderos a seguir, nos ha marcado dónde estamos y dónde queda el *camping,* además de unos cuantos puntos de referencia por si nos perdemos. El recorrido parece todo muy fácil, sería complicado perdernos. Decidimos coger el sendero más del interior del bosque para poder observar más la naturaleza.

El camino es estrecho, cabe una rueda de bicicleta, rodeado de un follaje verde, que para ser verano está muy fresco; se puede observar musgo en la base de los árboles. Sus ramas parecen monstruos enzarzados en una pelea, al estar tan entrelazados, tapando el sol y dando una sensación de frescor y escalofrío a la vez. Siguiendo la ruta, se puede ver en el lado izquierdo un tronco caído, sujeto entre la maraña de la vegetación. Es una de las referencias que nos ha dado el chico.

—Mira, un punto de referencia. El tronco está inclinado hacia la dirección que debemos seguir —dice Darien.

Encontramos musgo en un tronco de un árbol, cerca del camino, el cual podemos tocar. Nos acercamos los dos y, sonriente, me dice:

—¿Sabes orientarte en el bosque?

Lo miro sorprendida.

—No.

—Pues un punto de orientación es el musgo, siempre crece hacia el norte.

Me quedo pensando.

—Es bueno saberlo. El este quedará a la derecha, el oeste a la izquierda y, detrás de mí, el sur. Interesante.

—¡Muy bien! —Sonríe y me da un beso emocionado.

—¿Has visto? Ya sabría orientarme en el bosque —le digo con un toque de ironía, dándole un beso.

—Si es de noche, ¿cómo te orientas?

Me quedo pensando de nuevo.

—Con una linterna, veo el musgo. —Le sonrío y él se acerca a mí. Le doy un largo beso.

—Bueno, vamos a seguir, que no llegamos.

Continuamos paseando por el sendero, por el que ahora caben dos ruedas de bicicleta. Nos paramos a la vez para escuchar y decimos al unísono:

—¡El arroyo!

Este es el otro punto de referencia. Cogidos de la mano corremos siguiendo el sendero y, efectivamente, contemplamos un arroyo, con unas piedras colocadas en fila que nos facilitan el paso. Se nota que están colocadas por la mano del hombre, están perfectas, ordenadas y lisas. El agua pasa por las aberturas que se encuentran entre unas y otras. Pasamos en fila india, yo delante y él detrás. Salimos a un sendero por donde ya puede pasar un coche, giramos a la derecha y, como nos indica el mapa, seguimos el camino.

—Otra pregunta más —me dice—, ¿cómo sabrías dónde está el sur? Si no tienes ninguna referencia.

—No lo sé, sorpréndeme.

—Por la formación de las telas de araña, siempre las fabrican en el lado sur del árbol.

—Ah, muy interesante. —Y observo una que hemos visto en ese momento, pero en este instante no se encuentra el animal en su labor, aunque seguramente no estará muy lejos.

Seguimos caminando. El camino está compuesto por gravilla. Ya divisamos el *camping*, y observamos un pequeño prado a la derecha.

—Como ya vemos desde aquí el *camping,* podemos quedarnos un rato en este prado a descansar.

—Me parece bien, que no hemos parado en todo el día —comento.

Nos tumbamos en el prado, la verdad es que, al menos yo, estoy cansada. Desde que hemos llegado no hemos parado de hacer cosas, ha sido un día muy divertido y entretenido. Estamos un rato en silencio los dos juntos, algo que me gusta de Darien, entre otras cosas. Como ya he sentido alguna que otra vez en estos días, puedo estar tranquila conmigo misma al lado de él, simplemente dejar pasar el tiempo, es maravilloso.

Al cabo de un rato, se incorpora sobre su codo.

—Sofía.

Me incorporo en la misma altura y lo miro a los ojos. Él me coge de la mano, entrelaza sus dedos con los míos, me da un beso y pasa su mano suavemente por mi brazo, hasta llegar a mi cuello, donde juguetea con mi pelo. Yo estoy encantada con esa caricia y ese beso.

—Me gustaría mantener esta relación después del verano, te considero una persona encantadora, guapa, sincera y, lo más importante, me gusta cómo eres.

Lo miro con brillo en mis ojos y de un salto lo abrazo del cuello, lo empujo sobre su espalda y le vuelvo a dar un apasionado beso, al cual él me responde.

—Pues claro, a mí no me parece mal. Todo lo contrario, opino lo mismo de ti.

—En septiembre me tengo que presentar a las pruebas. He pensado en quedarme en casa de mi tía este verano y seguir preparándome aquí, así te veo todos los días. Luego me tendré que ir. Si tengo suerte y las apruebo, me darán destino que no sabría decirte dónde, aunque a mí me gustaría ir fuera de la nación, ayudar en países necesitados y devastados por las guerras.

—No pensemos en eso ahora, disfrutemos el momento. Yo tenía planeado disfrutar del verano y en invierno terminar el proyecto de mi carrera. Yo sí que sabré mi destino todo el invierno, en mi casa. —Le sonrío—. Pero no te preocupes, tengo que ayudar a mi madre por las mañanas, ahora que mi padre ha encontrado trabajo, nos podemos ver todas las tardes. Mis inviernos han sido últimamente iguales, no creo que cambie mucho este; además, con tanta tecnología ahora mismo nos podemos ver por Zoom todos los días… Lo importante es que hagamos lo que realmente nos gusta, somos jóvenes, ya tendremos tiempo de estar juntos veinticuatro horas, como nuestros padres.

Sonreímos.

—Cómo me gusta tu manera de ver la vida, me encantas. —Me vuelve a besar, me abraza fuertemente contra él y me da un mordisquito en el cuello.

—Tendremos que volver al *camping,* que va a oscurecer ya.

—No, espera, que te voy a enseñar otra forma de orientarse. Los marineros lo usaban mucho antaño. Es saber dónde está la estrella polar, siempre marca el norte. Es muy pequeña y solo se puede observar con el cielo despejado, creo que esta noche la podremos ver. —Miramos los dos al cielo.

Decidimos apoyarnos en el tronco de un árbol para observarla mejor. Me recuesto en su regazo, estoy cansada y a gusto.

—Como tarde mucho en anochecer me duermo con lo a gusto que estoy aquí. —Me aprieta más con sus brazos.

Vemos como el atardecer empieza, el sol comienza a esconderse por las montañas del oeste y va dejando unos reflejos de sus rayos, que van pasando de los colores amarillos, rojizos y anaranjados, dejando un horizonte digno de pintar para una artista o incluso un buen fotógrafo. Poco a poco se va perdiendo la luz del sol, solo queda el cielo azul celeste, pasando por azul oscuro y llegando a negro. Como bien había dicho Darien, muchos puntos brillantes iluminan el techo que observamos.

—¿Ves esa forma de cazo?

—Sí —digo toda emocionada—, nunca me había fijado.

—Pues en el extremo del cazo, hacia arriba, esa pequeñita que ves ahí, esa es la estrella polar.

—Vaya, qué pequeña —comento decepcionada—. Me puedo guiar más por la forma del carro que por la estrella polar. —Reímos los dos al unísono—. Pero todo el cielo está precioso.

Después de estar un rato contemplando el cielo estrellado, decidimos dirigirnos al *camping*, que se encuentra a unos diez minutos de donde estamos.

Llegamos cerca de la puerta de la cabaña y los dos nos quedamos sorprendidos al no oír ni un ruido dentro de la casa, ni música, y las luces encendidas. Nos miramos extrañados y comenzamos a empujar la puerta con ese ruido estridente, y cuál es nuestra sorpresa que tras esa mínima abertura empezamos a oler gas dentro. Darien se comienza a poner nervioso, se pone la camiseta en la boca y la nariz.

—¡Sofía, corre! —muy asustado—. ¡Abre todas las ventanas! ¡Rápido! —Y continúa empujando con todas sus fuerzas esa maldita puerta—. Ponte la camiseta como yo.

Un olor a gas que da muchas ganas de vomitar. Corriendo entro y abro dos ventanas. Enseguida comienzo a toser. Darien abre el resto de ventanas y cuando veo que todo el mundo está durmiendo me asusto. Quiero coger a Érica y sacarla a rastras de ahí, pero la coge Darien en volandas y me dice:

—Sal fuera y llama enseguida a Víctor. Cuéntale la situación, que traiga oxígeno.

Salgo lo más rápido que puedo, tosiendo muchísimo. Cojo el teléfono y llamo a recepción muy agitada.

—¡Víctor, que hay un escape de gas y están todos dormidos! Él, horrorizado, responde desde el otro lado del teléfono:

—Vamos enseguida.

Al girarme encuentro a mis tres amigas en el suelo inconscientes, ya las ha sacado. Darien sale con Santos del hombro medio inconsciente, los dos tosiendo mucho. Lo deja en el suelo tosiendo, se quita la camiseta, y le vuelvo a ver su perfecto torso. Cuando me lanza la camiseta vuelvo en mí.

—Dale aire con la camiseta.

Toma aire muy profundo y vuelve a entrar. Cuando me giro, mientras estoy agitándoles la camiseta para hacer aire a las tres, veo que llegan en todoterreno Víctor y dos compañeros, los dos instructores que habíamos tenido durante el día, con botellas de oxígeno y mascarillas, que descargan rápidamente. Víctor se las coloca a mis tres amigas; los otros dos entran en la casa a terminar de sacar a los demás y le piden a Darien que se siente y se ponga una mascarilla, pues tiene una respiración agitada. No tienen suficientes botellas y máscaras para todos, se las tienen que turnar.

A los cinco minutos, Darien cede la suya a los demás. Ya están todos fuera, nos sentamos en el suelo, agotados.

Al momento, oímos un ruido desconcertante. Vemos cómo los árboles se agitan muy violentos y observamos que un helicóptero de salvamento se encuentra sobre nuestras cabezas. Al instante vemos una cesta saliendo de él, con dos personas dentro y unos equipos de oxígeno. Se bajan tan rápido que la cesta aún no había tocado el suelo. A sus espaldas llevan unas mochilas grandes y pesadas, aun así se les ve con una agilidad sorprendente. Por el otro lado baja otra persona por unas escaleras de cuerdas. El helicóptero se aleja. Una mujer, la última en pisar suelo, se une a su equipo, mientras todos ponen a mis amigos mascarillas de oxígeno.

—Colócales a todos el pulsioxímetro y ya me dices —dice la chica con voz muy imperativa.

Nos pone a todos un aparato en el dedo. Al instante un miembro del equipo señala a mis amigas.

—Prepara tres camillas —dice a alguien, tocándose un botón en la oreja. Se acerca a nosotros y nos dice—: ¿Sabéis cómo ha pasado?

—No, nosotros veníamos de hacer senderismo y los hemos encontrado así —le explico.

—Bien, nos llevamos a vuestras tres amigas al hospital, están de camino dos ambulancias. Veníos vosotros también, sobre todo tú —señalando a Darien—, que habrás sido quien ha sacado a casi todos… Bien hecho. —Le da una palmada en el hombro.

Volvemos a oír las hélices del helicóptero y, bajando una camilla, ponen a Viki en ella, le pasan cintas por todo su cuerpo para que no se mueva y la empiezan a subir. En el helicóptero, aparte del piloto, se encuentra otra persona que va subiendo la camilla. Hacen lo mismo con Érica y Berta. A continuación, suben en la cesta ellos con todo el equipo que habían bajado antes y se alejan.

Ha pasado todo tan rápido que no nos ha dado tiempo de preguntar cómo están, a dónde van… A los veinte minutos aparecen dos ambulancias y subimos con ellos.

Vamos bajando las curvas que habíamos subido horas antes, tan rápido y con tanta habilidad del conductor que apenas nos balanceamos. Me siento agotadísima del día tan bonito y gratificante, pero a la vez espeluznante en esta casi última hora. Me siento agotada de tantas emociones en tan poco tiempo.

11

Darien y yo nos encontramos solos en la ambulancia; el resto se ha subido en las otras. A él le han puesto mascarilla. Al llegar al hospital, el personal de la puerta, muy atento, se acerca con una silla. Entramos por nuestro propio pie, dando las gracias, y nos pasan a una salita donde hay unos cómodos sofás. Unas enfermeras rápidamente llegan y nos sacan sangre.

—¿Cómo están nuestros amigos? —le pregunto a una de ellas.

La chica joven nos contesta con una sonrisa en los labios:

—Luego pasará el doctor y os comentará.

—Gracias —le respondo.

Me reclino en el respaldo y, para mi sorpresa, este se desliza hacia atrás, elevando un poco los pies. Empujo más la espalda y me quedo estirada como en una cama.

—Mira —le digo a Darien, que en este momento se encuentra con la cabeza apoyada en sus manos y los codos en las rodillas.

—Qué buena idea, me siento agotado. —Se inclina también. Me coge de la mano, elevándola hacia mi nariz, acariciándomela y bajando sobre mis labios. Sonreímos.

La habitación es diáfana, no muy grande, de un color verde piedra. Enfrente de nuestros dos sillones relax se encuentra una puerta doble que prácticamente utiliza la pared frontal. A la izquierda de la puerta, en la misma pared, dos butacones más como los nuestros y, a continuación, un ventanal que ocupa casi toda la pared, cubierto con una vertical. También a mi derecha, una puerta que supongo que será de un aseo y, en paralelo al ventanal, al otro lado de la puerta, una cama perfectamente hecha. El color de las paredes es muy estimulante para cerrar un poco los ojos.

Cuando estoy casi juntando los párpados oigo unos pasos que se acercan. Doy un salto del relax, como si viniera el rey; me da la sensación de estar abusando de la confianza de alguien al ponerme cómoda sin el permiso de nadie. Darien se levanta conmigo medio dormido.

Al instante aparece por la puerta un médico con bata blanca y un pijama verde, joven —sobre treinta años—, con pelo un poco ondulado y gomina. Tiene una mirada muy penetrante, al levantar la vista nos miramos, y le salió una sonrisa.

—Hola, soy el doctor Sáez. Podéis sentaros y relajaros. Vuestras analíticas han salido todas correctas, os podéis ir a casa.

—¿Y nuestros amigos? —decimos a la vez.

Se le va la sonrisa y nos empieza a hablar serio.

—Los chicos están más estables, seguramente mañana les demos el alta. Están despiertos, pero un poco mareados. Con respecto a las chicas, tenemos que esperar veinticuatro horas con el tratamiento, no se han despertado aún, pero lo positivo es que están respirando bien. No os puedo decir más. Hasta mañana. Os espera un chico fuera, como no es familiar no puede entrar. Se llama Víctor.

—Sí, gracias, es un amigo y el gerente del multiaventuras —digo.

—Bueno, pues ya es todo. —Nos da la mano y se marcha.

Salimos a la sala de espera, donde está Víctor con otro compañero. Cuando nos ve se le salen las lágrimas y nos abraza muy nervioso.

—¿Y los demás?

Le explicamos lo que nos ha dicho el doctor y, al acabar, nos dice que nos ha reservado para esta noche en el hotel del pueblo porque el complejo está completo, no nos puede dar otra cabaña y no quiere que durmamos en la nuestra hasta comprobarlo todo mañana, aunque ya han cerrado todas las tomas del gas.

Nos acompaña a la cabaña, la cual aún huele un poco a gas, para recoger nuestras cosas. Nos lleva hasta un hostal del pueblo que está a veinte minutos de la cabaña. Es muy modesto pero muy bonito, todo pintado de blanco. Al abrir tiene un cuarto de baño a la derecha, pequeño, pero con una ducha amplia, un váter y lavabo. Siguiendo el pasillo se abre la estancia y hay una cama grande, parece muy confortable, con dos mesitas y un televisor, pero una cama sola, enfrente de la ventana. Dejamos nuestras cosas debajo en una silla. Darien me coge de la cintura y me dice:

—¿No te importará dormir conmigo?

—Para nada, pero primero me voy a la ducha.

Mientras me resbala el agua con espuma por mi cuerpo, no puedo parar de pensar qué sucederá esta noche al dormir con él. Me siento nerviosa, no sé si porque voy a pasar la noche con él o por la situación que acabamos de pasar con nuestros amigos. Me visto con mi pijama de pantalón corto a rayas justo por debajo del culo y mi camiseta gris lisa, y abro la puerta.

—Ahora me toca a mí.

Entra y, sin cerrar la puerta, se desviste. Me dirijo a la cama, cojo mi peine de la mochila, me desenredo el pelo y cojo el mando de la televisión. Busco canales sin mirar, pensando en que va a salir de la ducha. Al instante sale con su pelo mojado, su torso atlético al descubierto, y se tumba en la cama relajado.

—La verdad es que hoy ha sido un día muy entretenido, hemos visto de todo. Para mí, ha sido emocionante. —En ese momento me tiro en la cama—. Solo espero que se recuperen del todo nuestros amigos.

Y colocándole la mano en su pecho, le digo que tenemos que llamar a sus padres y al mío. Cojo el teléfono, marco el número y vuelvo a mi sitio. Mientras hablo con mi madre, calmándola y pidiéndole si pueden llamar al resto de padres, Darien me está acariciando la cara con un dedo superdelicado, como si me fuera a romper. Sus ojos se clavan en los míos mientras hablo.

Cuelgo el teléfono. Me da un beso muy tierno y dulce, y yo se lo devuelvo con la misma calidez. Mi mano va subiendo de su pecho a su cuello. Me acerca por la cintura hacia él mientras empieza a enlazar su lengua con la mía, colocándome sobre él muy suavemente. Siento todos sus pectorales y abdominales en mí, es una sensación excitante. Cuando vuelve a sonar el teléfono, me gustaría estamparlo. Es la madre de Érica, lo tengo que coger. Le explico la situación lo más tranquila que puedo, porque Darien me está dando unos besos en el cuello que me ponen los pelos de punta. Termino la conversación.

—Me ha dicho que van a venir, pero sé seguro que hoy no llegan. —Él me apaga el teléfono—. Pero ¡oye, no me apagues el teléfono!

Me abalanzo sobre él y al instante me hace cosquillas por la tripa. No puedo parar de reír y acabo debajo de todo su ser y volvemos al momento que lo habíamos dejado. Rodamos varias veces por la cama. Le toco toda su espalda con los dedos, y él me imita en la mía. Empieza a deslizar su mano delicada por mi cadera, por debajo de mi camiseta, llegando a mi pecho. Me siento paralizada. Empieza a masajear mis pezones muy suavemente. Me estremezco y me sube la libido como un fuego por todo mi cuerpo. No quiero que pare y cuando me doy cuenta, no llevo nada y su lengua roza mis pechos erguidos. Me vuelve a colocar sobre él, siento su miembro y me dice:

—¿Quieres hacerlo?

Vuelvo a tener un poco de miedo, estoy entre asustada y excitada.

—Vale, pero con mucho cuidado —le contesto entre susurros.

—Tranquila, tú solo disfruta.

Me coloca de lado, baja muy lentamente las manos hasta mi vulva y empiezo a tener de nuevo el fuego en mi interior. Me va quitando la ropa poco a poco, y se quita él la suya en un instante. Abre su neceser, que lo había dejado en la mesita, y saca un preservativo. Se lo coloca con una soltura abismal, y vuelve a rozar con su lengua mis pezones y con sus dedos mi vulva. Se coloca encima de mí y siento cómo entra dentro de mí muy poquito. Se introduce un poco más y entonces siento un pequeño pinchazo. Vuelve a salir y a entrar otra vez con la misma suavidad y me penetra un poco más, hasta que lo aviso y hace la misma maniobra. Lo noto muy excitado, pero también muy controlador de sus impulsos. Entonces le susurro al oído:

—Gracias por hacérmelo tan bien, prueba de nuevo.

En esta tercera vez entra completamente. Se queda unos instantes inmóvil y yo me estremezco. Vuelve a entrar y salir despacio varias veces, hasta que lo hace con movimientos más rítmicos y yo me estremezco con cada uno de ellos, al punto de que no puedo evitar soltar un grito ahogado de puro placer. Se coloca a mi lado en la cama y, aún jadeando, me pregunta:

—¿Te he hecho daño?

—Tranquilo, ha sido maravilloso —le contesto, aún en las nubes.

—El próximo te gustará más —me asegura con una sonrisa en la cara.

Lo abrazo y lo beso con toda mi pasión. Nos metemos los dos a darnos una ducha rápida, nos pasamos la esponja uno al otro. Nos tumbamos en la cama y nos dormimos al instante.

Me despierto un poco sobresaltada, he soñado con las chicas. Tengo una sensación de ahogo. Enciendo el móvil y voy al aseo, oigo un montón de pitidos de mensajes. Salgo y veo que se acaba de despertar. Le doy un beso, cojo el teléfono y miro la hora. Son las ocho de la mañana y tengo siete llamadas perdidas y dos mensajes de mi padre. Me pongo la mano en la cabeza, voy a llamarlo.

—Papá…

—¡Ya era ahora! ¿Has dormido bien en el hotel? Tengo que hablar con Darien de algo…

—Papá, por favor, ¿dónde estás?

—Pues estamos desde las tres de la mañana en el hospital, hemos venido los padres de las chicas y yo…

—Vale, salimos enseguida. —Le cuelgo.

Darien ya se ha vestido. Le pido que llame a recepción para pedir un taxi que nos lleve al hospital. Recogemos las cosas y, ya en recepción, el chico nos dice que ya tenemos el taxi en la puerta. Le preguntamos si le debemos algo por la habitación, pero nos confirma que está todo pagado.

Nos montamos en el taxi.

—Al hospital comarcal, por favor —le indico al taxista, y luego me dirijo a Darien—: Mi padre sabe que hemos dormido juntos, supongo que se lo habrá dicho Víctor. Llevan desde las tres de la madrugada, no le hagas mucho caso hoy.

No formula palabra, parece que se tensa un poco.

A los cinco minutos llegamos al hospital. Subimos unas escaleras y en el fondo de la sala de espera veo a mi padre, que viene hacia nosotros con cara de no dormir. Darien se va hacia las máquinas con la excusa de coger unos cafés. Me acerco a mi padre, que está siguiendo con la mirada a Darien.

—Mira cómo se va la ratita.

—Papá, ¿no decías que te caía bien? Pues no le des más vueltas ya al tema.

Me mira, me coge la mochila y se da la vuelta. Enseguida llega Darien con los cafés, y nos sentamos al lado de mi padre. Antes de sentarse, le choca la mano.

—Buenos días, Isidoro.

—Buenos días. ¿Qué tal, chaval? ¿Todo bien?

Asiente con la cabeza.

—Bueno, ¿cómo están las chicas? —pregunto.

—Ahora han entrado sus padres a verlas, las han subido a planta. Estoy esperando que salgan. Ayer cuando llegamos os llamamos y, como no teníais cobertura, le pregunté a Víctor.

Al momento llegan los padres de Érica, que al verme me abrazan llorando. Me asusto, pero luego me cuenta Selma que está despierta con una mascarilla de oxígeno, como las demás. El médico les ha dicho que se quedarán una noche más por precaución y, si todo funciona como hasta ahora, mañana se irán a casa.

—Me quedaré con ella, su padre se va a descansar al hostal del pueblo, ya hemos reservado. Después de la comida me iré yo a descansar para quedarme por la noche —me dice Selma con cara de cansada pero tranquila.

—Me parece muy bien. Nosotros nos iremos a casa ahora, que mi madre se ha quedado sola.

Les doy un abrazo a todos y nos dirigimos hacia el coche. Darien se ofrece a conducir, y a mi padre le parece bien.

—Te pongo el GPS y a casa. —Se coloca en la parte de detrás y en la primera rotonda se oye un ronquido que parece del oso del zoo, aquel que siempre que íbamos a visitarlo se encontraba panza hacia arriba durmiendo plácidamente.

Darien y yo nos miramos y soltamos una carcajada.

Parte II

DALIA

12

Este verano es inolvidable. Ya está llegando a su fin, pero ha sido el más maravilloso de los últimos años. He conocido a una persona con unas cualidades humanas espectaculares, la visón de la vida tan positiva y su carácter tan auténtico. Es una pena que ya se acabe el tiempo juntos, pero somos jóvenes y debemos realizar nuestros proyectos para que así sigamos desarrollándonos y lleguemos a convertirnos en las personas adultas que seremos en un futuro. Me quedo con los primeros recuerdos de nuestro principio. El accidente en el multiaventuras ha pasado a la historia, estamos todos bien, solo fue un susto.

Como diría mi profesor de la universidad el señor Julián Cervera, toda una celebridad en su terreno, por lo menos para mí: «La ciencia nunca resuelve un problema sin crear diez más». Si miras la ciencia desde sus ojos, te hace enamorarte de ella, siempre es y será un referente en mi carrera. De hecho, me va a llevar mi último trabajo universitario, aún tengo todo este año para ultimar los detalles.

Darien en unos días se presenta a las pruebas para entrar en el cuerpo militar y está un poco más nervioso de lo habitual. Si todo sale bien y aprueba, quiere ofrecerse a salir un año de misión fuera del país, pues eso le hace crecer en su profesión.

Vive conmigo, decidió quedarse tras la llegada del multiaventuras; en la habitación de al lado, claro. Le pidió permiso a mi padre por si podía terminar el verano en mi casa, ya que sus tíos y primos ya habían vuelto y eran muchos. Le hice ojitos de gatita, y no muy convencido accedió. La verdad es que está muy bien, entre los dos conservamos el huerto, regamos, quitamos malas hierbas… Nos ayuda en las cosas de la casa. Hay veces que está toda la mañana en su cuarto estudiando y le llevo el almuerzo, y otros días se va toda la mañana a entrenar y por las tardes hacemos algo juntos, como ir a la playa, visitar rutas nuevas de senderismo, ir al cine… La verdad, es una maravilla que esté aquí.

Su madre habló con la mía para preguntarle si tenía algún inconveniente. Mi madre, cómo no, está encantada de que esté con nosotros, le manda dinero para que por lo menos haga a veces la compra, es muy sufridora.

Papá está muy contento con su nuevo trabajo. Es una empresa que ayuda a otras empresas a actualizarse en infraestructuras e informática. Él hace el presupuesto según los medios que tiene cada empresa, y su compañera realiza la parte técnica con ese presupuesto. Mi padre hace el estudio de cuánta cantidad le podrían dar en el banco para la ampliación. Lucía, que así se llama su compañera, con el presupuesto actúa para ofrecerles la mejor infraestructura.

Hoy es viernes, viene mi padre a comer y nos cuenta todas sus novedades. Mi madre está en la cocina haciendo la comida, y yo estoy en la habitación arreglando mi armario. Darien se ha ido a correr.

Veo a mi madre un poco decaída, no sé realmente por qué. Esta mañana a primera hora ha recibido un sobre tamaño folio de Correos, no le he preguntado qué era.

—Hola, familia. He llegado a casa —anuncia mi padre entrando por la puerta con su forma triunfal de siempre. Habrá tenido un día genial o, mejor, una semana.

Oigo sus pasos dirigiéndose hacia la cocina para besar a mi madre. Bajo la escalera para verlo.

—Dalia, ¿no te encuentras bien, cariño?

—No, Isidoro. Luego hablamos —dice mi madre.

Eso ya me parece extraño. La última vez que dijo «luego hablamos» era porque mi padre no arregló bien los papeles para que le dieran el préstamo para poder ir yo a la universidad y le habían denegado el crédito. Creo que fue la primera vez, y única, que los vi discutir. Mi padre le decía que tenía ella la culpa por querer mirar más bancos en vez del que tenemos de toda la vida, y mi madre le decía que no era capaz de comprobar la documentación antes de ir al banco. Estuvieron dos días sin hablarse.

—Sofía, ¿por qué está enfadada tu madre?

—No lo sé, hoy la noto un poco decaída, no se lo tomes en serio.

Papá sube a ducharse. Pongo la mesa para comer, y en ese momento entra Darien, que me ve en la mesa del comedor, mira sigilosamente alrededor y, como no hay nadie, me da un beso.

—Me voy a la ducha —me comenta, dirigiéndose hacia la escalera.

—Está mi padre duchándose. —Y él sonríe pícaro.

Al momento oímos un gruñido:

—Arg, ¿quién se está llevando el agua caliente? —grita mi padre.

—Yo, Isidoro, que me estoy duchando también.

—Chaval, ¿tú que vienes a robarme todo de mi casa o qué? A la próxima te bañas en la piscina.

Poco después salen de los cuartos de baño y van bajando las escaleras con sus respectivos juegos de peleas... Son los dos iguales.

En la mesa estamos todos muy serios. Darien me mira con expresión de extrañado y yo le encojo los hombros.

Mi madre se levanta y se va al salón, algo muy raro en ella; siempre recoge la mesa antes de ir al salón. Mi padre la sigue. Darien y yo recogemos la mesa, estamos en la cocina y oímos:

—¿Estas fotos quién las ha hecho? —comenta mi padre sorprendido—. Es mi compañera de trabajo. Dalia, no es nada más, somos buenos compañeros. Sabes que te quiero, que no haría nada que te hiciera daño.

En ese momento me dirijo hacia el salón. Darien me coge del brazo, diciéndome con la cabeza que no.

—He contratado a un detective privado y me ha dado estas fotos. Quiero el divorcio.

Por una esquina del salón veo la cara de mi padre, blanca, inmóvil. Con voz entrecortada, responde:

—Pero, Dalia, cariño, sabes que no haría... —Se le va la voz.

Con un nudo en la garganta miro a Darien, y él me abraza.

—Quiero que recojas tus cosas y te vayas. —Y sale al poche con lágrimas en los ojos.

Mi padre se queda en mitad del salón como un mueble más.

—Papá, mamá...

Los dos están destrozados, y a mí me salen las lágrimas. Voy al porche.

—Mamá, ¿qué ha pasado?

—¿Has visto las fotos del salón?

Entro de nuevo. Mi padre ya no está. Hay cuatro fotografías, en una están Lucía y mi padre en una terraza tomando un café con sus maletines correspondientes, y en la otra salen compartiendo unos documentos en la misma terraza. En la siguiente, mi padre aparece con una caja de documentación, y en la última, metiéndose en el coche los dos juntos. A mi parecer, no es nada del otro mundo, solo dos compañeros de trabajo. Vuelvo al porche.

—Mamá, no veo nada raro en las fotos, solo dos compañeros de trabajo.

Mi madre se levanta y se va al garaje.

Subo las escaleras hasta la habitación de mis padres, y veo a mi padre sentado en la cama con las manos en la cara, limpiándose las lágrimas.

—Sofía, yo quiero mucho a tu madre, soy incapaz de hacer nada. Os quiero mucho a las dos. —Me da un fuerte abrazo—. Me llevaré lo necesario por hoy y, cuando sepa dónde voy a quedarme, te mando la dirección y me envías las maletas. Hazme la maleta, por favor. Lo que tú quieras meter, me da igual. —Vuelve a llorar.

—Papá, podemos hablar con mamá y que recapacite. —Aunque sé perfectamente que cuando mi madre toma una decisión es irrevocable, pero lo digo para animar a mi padre y creo que a mí misma.

Bajo y Darien está sentado en la mesa. Ha recogido el resto de la mesa, ha puesto el lavavajillas y ha hecho una tetera con tila.

—¿Quieres un poco? —me dice.

Cojo la taza que me sirve, siento calidez en mis manos frías.

—Se separan mis padres —suelto, y me tomo un sorbo de la tila.

Miro hacia la taza y una lágrima resbala por mi mejilla. Me la quita con el dedo y me da un beso en la cara. No consigo entender esta reacción tan inesperada de mi madre, se me despedaza mi puzle interior. Papá ya no va a estar por aquí, solo por teléfono. Me da tristeza, iré a verlo en cuanto pueda.

Al momento baja mi padre las escaleras a tropezones. Voy a abrazarlo, le cojo la pequeña maleta y lo acompaño a la puerta del jardín. Él mira alrededor, buscando a mi madre, y vuelve la mirada a mí. Le brota un montón de lágrimas. Me vuelve a abrazar y se marcha hacia el coche.

—Sofía, ¿vendrás a verme, por favor?

—Claro que sí, papá, cuando tú quieras.

Me abraza.

—¿Tienes sitio donde quedarte?

—Sí, tranquila, volveré a la pensión donde me quedo toda la semana. Espero que aún tengan mi habitación disponible.

Me abraza de nuevo, vuelve a mirar la casa de arriba abajo y sale hacia el coche. Se monta con temblores en las piernas, empieza a llorar, arranca y se marcha calle abajo. Vuelvo sobre mis pasos, siento los brazos de Darien alrededor de mí, y me susurra al oído:

—Yo siempre estaré a tu lado.

13

Ya llevo varios meses en casa sola con mi madre desde que se fue mi padre, el cual me sigue llamando todos los días, pero ya ha dejado de intentar que mi madre le coja el teléfono y hable con él. Me cuenta cómo le ha ido el día, todo lo que ha hecho, y me pregunta por el estado de mi madre. Yo le cuento que está poco habladora, hasta a mí me dice lo justo, y pienso que está triste, pero a mi padre no le digo nada para no preocuparlo.

Darien se fue a la semana de la separación de mis padres, tenía el examen, el cual ha aprobado. En unas semanas se irá a otro país donde hay guerras civiles, como ayuda humanitaria. Tengo un poco de miedo, pero esta sensación no ayuda a nadie a conseguir lo que quiere. Todo el mundo está muy bien en su zona de confort, y en la vida hay que arriesgar si quieres conseguir lo que realmente deseas.

Yo no sé qué hacer cuando acabe la carrera, supongo que no dejaré sola a mi madre. ¿Qué haría ella sola? Ponerse más triste. Intentaré encontrar algo cerca de casa o que pueda ir y venir en el mismo día. Ya veremos.

Se acercan las Navidades. En mi casa era todo armonía con mi padre, él era el primero en poner las luces por toda la casa, ayudaba a los vecinos a ponerlas también y compraba un abeto que poníamos en el jardín, con muchas luces y adornos. Poníamos villancicos, algo que creo que no voy a echar de menos. Cuando salía por la puerta de casa a hacer cualquier cosa, los apagábamos. ¡Era muy cansino! Pero reconozco que ahora lo echo mucho de menos en estos momentos, preferiría tener que escuchar los villancicos. Pienso que mamá también, aunque no lo quiera decir.

Últimamente le cuesta salir de su habitación, está bastante desganada. Va del cuarto al porche y del porche a la cocina. Aunque no quiero que me ayude, porque me gustaría que descansara para que se recupere mejor. Ya decido yo qué vamos a comer todos los días, pero tampoco quiere comer mucho, aunque yo le obligo un poco.

Tengo bastante avanzado mi proyecto. Estoy trabajando en un estudio sobre una glicoproteína compleja para intentar llegar a la conjetura de si se puede regenerar la mielina, que es la que permite el impulso eléctrico a las neuronas, y así poder avanzar en la cura de algunas enfermedades. Expondré en mis páginas finales unas teorías, las cuales se pueden poner en práctica en un laboratorio e ir comprobando los resultados según las variables estudiadas en el proyecto.

Darien me suele llamar cuando puede, está muy centrado en su trabajo. Suele mandar más *emails*, y a lo mejor puede conectarse a las dos de la mañana… En el último *email* que me mandó me dijo que si podía venir a verme antes de salir al extranjero lo haría, pero por ahora no tengo noticias.

Me he venido a la biblioteca a contrastar artículos que he encontrado por internet. Algunas cosas son falsas y otras son verdaderas. Ahora, con la información que sale por este medio, hay que verificar, sobre todo para un proyecto de estas características.

El sol ya ha caído, voy a ir al salón un rato a estar con mi madre viendo la televisión, que es lo que hacía con papá, y luego haré la cena.

Estoy bajando las escaleras y veo un camión con abetos parando delante de casa; algún vecino que habrá pedido un abeto. Cuando llego al último peldaño, suena el timbre de la cancela. Yo me sorprendo, abro la puerta de la casa y un señor dice mi nombre desde la puerta. Asiento con la cabeza, sorprendida.

—Tengo un abeto para usted, de su padre, junto a un regalo.

Me extraño con lo del regalo, pues no le veo nada en las manos. Abro la puerta y su compañero, al que no veo, está bajando un abeto. «Madre mía, ¿cómo voy a poner el abeto sola?». Les abro la puerta y voy a avisar a mi madre, a ver si se alegra un poco, y cuando vuelvo a bajar las escaleras de casa, veo a Darien, que era el ayudante del señor. Doy un grito ahogado y de alegría, casi se me salen las lágrimas. Le doy un abrazo y él me levanta hacia arriba. Está más fuerte que este verano.

—Este es tu regalo —dice el señor mientras cierra la cancela con una sonrisa.

—¿Qué haces aquí? ¿Por qué no me has avisado? —le digo casi riñéndole.

—Tu padre casi me pone una pistola para que viniera a traerte el abeto y lo montara contigo. Pensé que, si no le hacía caso, se presentaba en el cuartel —bromea—. Tenía pensado venir la semana que viene para Navidad de sorpresa y quedarme unos días, porque nos han dado tres semanas para estar con la familia. El día 2 salimos. La última semana la pasaré con mis padres, ¿te podrías venir? Y, si quiere, tu madre también.

—Gracias, Darien, pero mi madre está muy decaída para viajar.

En ese momento aparece mi madre por la puerta, hacía tiempo que no la veía sonreír.

—Mira, has sido la única persona que le ha hecho sonreír. Hacía meses que no lo hacía.

—Hola, Dalia. ¿Cómo estás? —Y le da un beso.

—Bien, hijo. Voy a haceros la cena, tendrás hambre.

Nos sentamos en el sofá haciéndonos cosquillas.

—¿Qué te ha dicho mi padre para que vengas?

—A principio de semana me llamó por teléfono, al día siguiente de enviarte el último *email*. Me preguntó si iba a venir a verte estos días, y le contesté que tenía pensado venir, así que me obligó directamente a venir esta semana para montar el árbol contigo. Por él, hubiera estado aquí hace dos días, pero le dije que no podía hasta hoy por la mañana. Me dio una dirección, el nombre del señor del camión y la hora a la que tenía que estar, para que me trajera. —Sonríe—. No le podía decir que no, se puso muy insistente. A las siete de la mañana estaba en la dirección. La verdad es que estoy supercontento de estar aquí contigo. —Me da un beso—. Mañana montaremos el árbol.

—Papá lo tendría montado hace una semana ya.

Suena mi móvil, es mi padre.

—Hola, papá.

—¿Qué tal, hija? ¿Te ha gustado mi sorpresa? —indaga entre risas.

—No, papá, no ha podido llegar, han pinchado a unos kilómetros de aquí y no saben si llegarán hoy.

—¡Cómo es eso! Si me acaba de llamar el camionero diciéndome que el pedido estaba entregado. Ahora mismo lo llamo a ver qué ha pasado…

—¡Papá, papá, que es broma! Que están aquí. Ha sido una grata sorpresa, muchas gracias.

—Dile a Darien que se ponga, que le voy a decir cómo poner las luces en casa.

—No, papá, no vamos a poner todas las luces de la casa, pondremos las del árbol y ya está. Te lo paso.

Me levanto y voy hacia la cocina.

Al terminar de cenar, después de recoger todo, ayudo a mi madre a subir las escaleras. Ya le cuesta bastante moverse. La ayudo a ponerse el pijama, la siento en una silla con un espejo de mano para que se lave los dientes y le doy la medicación que le corresponde; en la última visita, el especialista le varió la medicación. A lo mejor por eso está tan cansada. La ayudo a acostarse y se queda dormida al instante. Al final tendré que contarle a papá el estado de mamá. Llegará un momento en que ya no podrá subir las escaleras, y entrar en la ducha le cuesta un montón, aunque yo la siento en una banqueta, pero ya no tiene fuerza en las manos. Y me da la sensación de que le está saliendo un poco de chepa.

Sentados en el sofá viendo la televisión, Darien me cuenta cómo le ha ido la prueba y me habla un poco del cuartel. Parece muy contento, la verdad, y me alegro un montón por él.

—Veo a mi madre muy débil, llegará un momento en que ya no podré con ella. Estoy pensando en comentárselo a mi padre, a ver si podemos tener algún tipo de ayuda asistencial. La noto cada vez más entumecida.

—Claro, díselo a ver si podéis hacer algo. Tampoco es bueno que te lo cargues tú todo.

—Conozco a mi madre y nunca le ha gustado que venga gente extraña por casa, pero se lo podemos decir a la madre de Érica, que es de confianza y ella venía antes, cuando yo estaba en la universidad, y la ayudaba en casa. Voy a escribirle un *email*.

Mientras voy a por el portátil pienso que nunca le he escrito un *email* a mi padre. ¿Cómo puedo empezar? «Querido papá…». Qué raro.

Papá.

Quería llamarte para hablar contigo, pero como es muy tarde, te escribo por aquí. No quiero alarmarte, pero noto a mamá muy débil y desganada, ya apenas quiere comer, le cuesta caminar por la casa y, por lo tanto, no le apetece salir a la calle. Cada vez la noto más entumecida y le duele todo el cuerpo, no mantiene bien los objetos en la mano, le cuesta subir y bajar las escaleras, entrar y salir de la ducha… En la revisión le cambiaron la medicación. La miro y me duele en el alma el esfuerzo que hace para aparentar estar bien cuando no lo está. Ella se fustiga más cuando ve que depende de mí, pero yo lo hago con todo mi corazón y sin ningún tipo de presión. Lo haría por ella mil millones de veces. Me siento mal solo porque ella se siente mal por que yo la ayude.

Quería saber si te parece bien que le pidamos ayuda a la madre de Érica, a lo mejor si le da un poco de conversación le irá bien.

Dime algo, ¿qué es lo que te parece?

14

Me siento un poco mejor esta mañana. No es que me encontrara mal en algún momento, pero siento mucha paz cuando Darien está en casa.

Nada más levantarnos y desayunar, hemos plantado el abeto donde todos los años, cerca de la pared lateral de la casa, al lado de la ventana por donde sacamos un cable para conectar las luces.

Mamá se ha quedado un poco más en la cama, hoy dice que no se encuentra muy bien, y la he dejado descansar un poco más. Hoy el día está nublado.

—¿Vamos a tener la ventana abierta todo el día? —me pregunta Darien, mientras nos dirigimos al garaje para coger la decoración navideña.

—Sí, solo dejamos el trocito del cable. El recibo de la calefacción este mes siempre sube un montón. —Sonrío—. No se nota apenas el frío. Alguna vez le ha puesto un poco de cinta aislante en el trozo abierto, ideas de mi padre.

Cogemos las cajas y empezamos a decorar el árbol. Pongo música navideña en el móvil, recordando otros años, pero con la diferencia de que veo a Darien ayudando. Lo miro y le sonrío.

Al instante suena el teléfono.

—Hola, Sofía. ¿Qué tal?, ¿cómo estás? —Es mi padre.

—Pues bien, estamos decorando el árbol.

—He leído tu *email*. No te preocupes por nada, si ella quiere, dile a la madre de Érica que se pase por casa, si le viene bien, unas horas por la mañana. Contactaré con unos albañiles para que os arreglen el cuarto de baño para más comodidad para vosotras. Estoy mirando la posibilidad de modificar la barandilla de la escalera, para poderos instalar una silla mecánica y así será más cómodo para vosotras subir y bajar. Te aviso cuando vayan a ir.

Me sorprende mucho mi padre, se ha vuelto organizado, toda una sorpresa.

—Pero, papá, unas escaleras mecánicas valen muchísimo dinero —le digo sorprendida.

—No te preocupes, cariño. Lu…, mi compañera de trabajo tiene muchos proveedores y, entre tantos, hay varios de sillas mecánicas. Alguno saldrá bien, no te preocupes. Yo te voy avisando con novedades. Te dejo, que entro ahora a una reunión. Adiós.

—Adiós, papá.

Creo que es la primera vez que oigo a mi padre hablar serio, y me parece raro, la verdad. En casa siempre hacía un montón de bromas, decía que la risa es el espejo del alma.

Dejo a Darien ultimando los detalles del árbol y subo a ver si mi madre se quiere levantar. Cuando estoy entrando en la habitación veo a mi madre medio incorporada.

—¡Mamá!

Voy corriendo para sujetarla.

—Hija, no te quería molestar, me quería levantar sola, pero de repente se me ha ido la vista y no tengo fuerza para incorporarme. Me duele todo, llama al médico. —Casi no puede pronunciar bien las palabras, le cuesta, está esforzándose para abrir los ojos y me toca el pelo muy frágil.

—¡Darien! Llama al médico, el número está al lado del teléfono. —La intento volver a tumbar en la cama—. Tranquilízate, mamá, ya vienen.

Al cabo de unos minutos, oigo las zancadas de Darien en las escaleras y al instante lo veo en la puerta de la habitación.

—Ya he llamado. Con darle la dirección enseguida la han reconocido y me han dicho su nombre.Vienen enseguida.

Mi madre, al oír la voz de Darien, empieza a llorar y lo poco que le entiendo es que siente mucho fastidiar las Navidades. Los dos a la vez le contestamos:

—No, para nada.

—Estamos aquí para pasarlo juntos. No se preocupe, señora Dalia, no es ninguna molestia, es una alegría estar aquí con vosotras —termina Darien.

Empieza a tener espasmos musculares, así que la tapo con la manta y la intento abrazar, pero es tal el movimiento que apenas puedo rodearla con los brazos.

A los veinte minutos suena el timbre de la cancela. Son los sanitarios de la ambulancia. Les abre Darien y cuando llegan a la habitación nos dicen muy amablemente que salgamos de ella. Le doy un beso en la frente a mi madre, diciéndole al oído:

—Ya está aquí el médico.

Salgo de la habitación y, cuando estoy fuera, miro a Darien y siento una congoja. Han sido los veinte minutos más largos de mi vida, se me han hecho una eternidad. Me abraza y salen mis lágrimas.

Suena el teléfono de casa, bajo a cogerlo y es la madre de Érica.

—Sofía, ¿estáis bien? ¿Necesitáis ayuda?

—Tranquila, están los médicos aquí. A mi madre le ha dado un ataque.

Ataque…, qué palabra más dura para mí. Nunca le ha dado antes a mi madre y ha sido tan aterrador, no sabía cómo calmarla, cómo quitarle ese dolor desgarrador que le oprimía todo su cuerpo. No se lo deseo a nadie.

—Están con ella en la habitación.

—Bueno, si necesitas ayuda cuando se vayan, no dudes en llamarme, para lo que sea.

—Sí, la verdad, he hablado con mi padre para hablar contigo y que nos ayudes un poco en casa. Luego te pasas y hablamos.

—Tú tranquila, estoy aquí para lo que quieras.

—Te dejo, sale el médico.

—Hola. Le hemos puesto una medicación para relajarla, pero parece que ha sido una crisis muy intensa. Seguramente, para que te vayas haciendo a la idea, va a empezar a perder algo de movilidad desde ya. Lo que le he administrado le durará todo el día, pero en un par de horas llama a su médico, que ya le habré pasado el informe, y te ajustará la medicación actual que toma. Ahora pregunta por ti. Nos vamos a quedar unos diez minutos más para comprobar que le ha hecho total efecto y se calma. Supongo que cuando subas se calmará enseguida.

Le doy las gracias y subo tropezándome por las escaleras.

—Ten cuidado, no queremos llevarnos hoy a nadie de esta casa al hospital —me dice el médico.

Me giro y le sonrío, y sin darme cuenta entro sonriendo a la habitación.

—Mamá, ¿has visto qué bien te han cuidado? Te han puesto enseguida buena. Ahora te tienes que relajar y dormir. —La abrazo.

—Sí, la verdad.

Me coge de la mano y empieza a cerrar los ojos, a los cinco minutos se le nota dormida. Salen todos con mucho cuidado de la habitación, les doy las gracias y se marchan.

Nos quedamos Darien y yo en el salón. Estas Navidades creo que van a ser agridulces, espero llevarlas lo mejor que pueda.

Desde el día siguiente de la llamada de mi padre, esto ha sido un tránsito de obreros y personas con la escalera. Menos mal que le dije a mi padre que no vinieran antes de las once, porque quería arreglar a mi madre y llevarla a la terraza para que no estuviera en medio de tanto movimiento. Con la medicación actualizada está un poco mejor, pero necesita que la ayudemos a bajar las escaleras. La silla mecánica vendrá de maravilla. Tiene un pelín más de ánimo, ahora quiere estar en la terraza, dibujando dalias y pájaros, después los colorea. Ha encontrado algo en que distraerse, y me parece muy bien.

Me prometió mi padre que antes de Navidad estaría todo hecho, y lo ha cumplido, aunque ha sido un poco caótico. Menos mal que estaba Darien conmigo y me ha ayudado mucho.

El cuarto de baño ha quedado perfecto, parece más amplio con la reforma. La empresa de la silla mecánica me ha dejado varias sillas de ruedas, aparte de la mecanizada, para mejorar la movilidad tanto en la parte de arriba como en la planta baja y en el aseo para la ducha. Sin embargo, mi madre suele andar, en la medida de lo posible, con el andador, que fue lo primero que llegó.

Me da que pensar. Mi padre no tiene capacidad para los detalles, siempre me mandaba a mí a comprar todos los regalos de mamá. Si es así, me sorprende qué bien le sienta este trabajo.

La madre de Érica viene por las mañanas y nos ayuda un poco. Los amigos han pasado algunas tardes-noches en casa —bueno, en la terraza con las chaquetas— para ver a Darien. Pedimos algo para cenar, después jugamos a algún juego de mesa y nos damos unas risas.

Hemos probado la silla mecánica: una maravilla. Teníamos que hacer el rodaje y la inspección técnica para saber si es acta para mi madre y, según comentó Santos: «Prueba superada, funciona de maravilla». Mi madre lo miró con recelo.

Ya ha llegado Nochebuena y por fin estamos tranquilos de tanto ajetreo. Darien se marcha mañana por la tarde, estamos preparando la cena desde esta mañana. Tengo una pena muy grande porque va a irse tanto tiempo y ahora lo necesitaría tanto aquí conmigo, me transmite tanta paz y a la vez energía… Tengo que ser fuerte, mi madre y yo lo llevaremos muy bien, ella me ayuda un montón.

Ya hemos enchufado la estufa eléctrica, que imita al fuego, y hemos colocado los calcetines sobre ella y los regalos navideños. Tenemos preparadas las copas de champán, aunque este año tenemos sidras, que mi madre no puede tomar alcohol. La verdad es que falta la alegría de la casa, mi padre, que estaría vestido de Papá Noel cenando y luego saldría calle arriba y abajo dando piruletas a los niños de los vecinos. Algunos vecinos le pedían si podía ir a su casa a dar algún regalo a los más pequeños, y siempre contaba la misma historia: «Ahora os doy un regalito; el resto esta noche, que vendré con mi trineo volador y mis ciervos mágicos y os dejaré el resto. Con ellos voy más rápido. Pero si no estáis dormidos, mis ciervos lo saben y no paran». Yo alguna vez me he vestido de duende. Los niños nos miraban con una carita de ilusión. Son tan especiales estas fiestas…, pero este año son diferentes, no sé.

15

Ya estamos a marzo. Tengo mi proyecto casi terminado. La verdad, como tengo que estar en casa con mamá, le he dedicado mucho tiempo. Mis días son monótonos, pero hago una gran diversidad de cosas.

Mi madre apenas camina, la levanto con ayuda de la madre de Érica y la sentamos en la silla de la ducha, que es muy práctica para meterla. Le desenredo el pelo todos los días, le lavo su hermosa melena y le dejo sus lindos rizos. La visto con sus vestidos de flores y le tengo que poner un pañal porque se le escapan sus cosas. Apenas me habla, solo me sonríe cuando le estoy haciendo el masaje en la cabeza. Le pongo crema en la cara, se la masajeo y le pongo un poco de rímel, como siempre me ha pedido. Antes le daba un paseo si hacía buen día, pero últimamente no salimos porque no quiere. Ya le cuesta mucho mantener una conversación con las personas, se fatiga y su movilidad es escasa, solo puede ya sonreír o ponerse seria, no puede hacer más movimiento.

Entonces la coloco en el porche, que le encanta tomar el sol, y le leo una novela que parece que le gusta. Me escucha muy apasionada. Con lo poco que me transmite con sus ojos, suelo entender lo que quiere. Después le pongo un poco la televisión en el salón y se queda tranquilita sentada en el sofá. En ese rato voy a la biblioteca, a comprar o me subo a la habitación con mi proyecto. Después de la comida la volvemos a acostar para la siesta, y a mitad de la tarde la levantamos y se queda en el comedor. Yo me bajo el portátil y estoy con ella. Cenamos y la vuelvo a acostar, me siento con ella en la cama y le sigo leyendo la novela. Me sonríe con sus ojos, brillantes de agradecimiento.

Es una bendición tener a Selma cerca, me ayuda con ella por la mañana y hace el mantenimiento de la casa, pero por las tardes ya me arreglo yo. No obstante, se suelen pasar a las horas de moverla ella o Érica, que me llaman y me preguntan si he podido, para que no lo haga yo sola. Con las escaleras mecánicas es un lujo. Alguna tarde le pido por favor que se quede con ella un ratito y me voy a ver a la pandilla, así me despejo un rato.

Lo mejor del día es la noche, cuando espero que Darien me haga una videollamada, aunque hay veces que no puede. Él me suele avisar para que no me preocupe. Me encanta ver sus ojazos en la pantalla. Suelo ver los *emails* por la noche, y mi padre ya se ha acostumbrado a mandarlos, aunque hay veces que también me llama.

Quien últimamente me ha mandado muchos *emails* es mi profesor, al que le voy mandando mi proyecto por apartados para ver qué le parece. Le gusta mucho, me da alguna idea, alguna referencia. La verdad es que se está tomando mucho interés, y yo se lo agradezco.

Mi proyecto lo estoy desarrollando de forma muy teórica, también con supuestos que no sé si serán viables si no los desarrollo en el laboratorio. Mi profesor me manda varios estudios que leo, después empiezo a desarrollar mi teoría. Suponiendo que sí obtengo una célula madre y le implanto una determinada glicoproteína, replico esa célula madre y le introduzco otra glucoproteína en un medio de cultivo con características iguales que tiene el celebro, se puede realizar la conexión de los axones con un determinado impulso eléctrico. Puede funcionar e incluso desarrollar nuevas neuronas, y así formar una red neuronal más compleja. Y si esta teoría funcionara, ¿por qué no inyectarla en la red neuronal de un paciente enfermo? ¿Teóricamente se puede? Esto es lo que me gustaría intentar desarrollar. Parece que mi profesor está muy interesado.

16

Anoche terminé mi trabajo. Es primeros de junio, cómo pasa el tiempo. Estuve hasta tarde para poderlo terminar y así mandarlo todo maquetado con cronología, bibliografía y algún dibujo explicativo. Para mí me ha quedado perfecto, veremos qué me dice finalmente el profesor Julián.

Hoy es domingo, me he despertado tardísimo, son las once de la mañana. No me lo puedo creer. Normalmente tengo a mi madre levantada y desayunada desde hace una hora; estará cansada ya de la misma postura. Anoche cuando me acosté no quise cambiarla de posición porque estaba tan tranquilita durmiendo, no quería molestarla. Aparte, eran ya las tres de la mañana, y normalmente se lo hago sobre la una. Me lo recomendó la médica, así evitamos que le salgan úlceras por presión. La verdad es que tiene una piel superhidratada.

Darien no me escribió ayer, supongo que estará volando. Mañana me dirá algo, cuando llegue.

Entro en la habitación de mi madre, me acerco a la cama y noto que el pecho no le sube ni le baja, no le noto entrada ni salida de aire. La toco y está fría como el hielo. Doy un salto hacia atrás y en milésimas de segundo me empieza a latir el corazón, agitado y a la vez horrorizado. Empiezo a moverla por los hombros, no reacciona. La abrazo y siento que no es ella. Salen de mis ojos unas lágrimas que me llegan a la barbilla. Me levanto, voy hacia las escaleras, bajo al comedor, cojo el teléfono y llamo a casa de Érica.

—Hola, Érica. ¿Se puede poner tu madre? —con una voz lo más tranquila que puedo.

—Sí, Sofía, se pone enseguida. ¿Ha pasado algo?

No le quiero contestar a ella. Al instante se pone Selma.

—Dime, Sofía —dice con voz temblorosa.

—Mi madre hoy no respira y está muy fría.

Siento un ruido estremecedor tras el auricular, y al momento vuelve la voz de Selma más nerviosa.

—Cariño, vamos enseguida.

Cuelgo el teléfono. Por un instante me recorre un escalofrío por mi cuerpo y suena el timbre de la cancela. Es Érica en pijama, saludándome desde la cancela. Le abro, entra corriendo y me abraza. Le doy el mismo abrazo.

—¿Quieres una bata? Te vas a helar.

Ella me mira sorprendida.

—¿Estás bien?

—Sí, tu madre va a venir, me gustaría que me ayudara a cambiar a mi madre. A ella no le gustaría que un médico la viera sin peinar.

Yo no me creo que ya no esté con nosotras, tengo las manos frías y un poco temblorosas. Llegan enseguida los padres de Érica, Selma me coge de la mano.

—Ya he llamado al médico. No te preocupes que yo me encargo de todo.

«De todo… ¿De qué?», pienso. Cojo la mano de Selma y subo con ella. Abro el armario y saco una bata bonita que le gustaba mucho a mi madre. La arreglamos, le recojo el pelo. Selma no me dice nada, no he oído a los médicos que están en la puerta. Selma me coge de las manos.

—Vamos, que ya están los médicos.

Y desde la puerta oigo decir a los médicos:

—Por el color de la piel y su temperatura, la hora de su fallecimiento sería hace una hora.

Fallecimiento, esa palabra me estalla en la cabeza. Mi madre ha fallecido. Siento que me tiembla todo mi cuerpo. Selma me coge de los hombros y llama a Érica y su marido, que suben corriendo las escaleras.

—Me encuentro bien, necesito una ducha.

Entro a mi cuarto de baño, me cojo la cabeza y empiezo a llorar. Me oye Érica y entra.

—Va, te voy a ayudar a bañarte con agua caliente.

Me llena la bañera, me pone jabón dentro y me ayuda a quitarme la ropa. Siento que me cepilla el pelo, estoy en un momento que no sé dónde estoy. Me meto en la bañera, le digo que luego llamaré a mi padre para decírselo y esta noche se lo diré a Darien.

Y ella me dice que no me preocupe, que está todo arreglado, dándome con la esponja en la espalda. Me sigo sintiendo perdida, pero estoy a gusto en el agua. Cuando ya tengo la piel arrugada de estar dentro del agua, salgo y me visto. Érica se empeña en arreglarme el pelo, secármelo y planchármelo; yo se lo agradezco mucho, me hace mucha compañía.

Una hora u hora y media después, salgo al pasillo, donde está Selma mirándome con cara de pena. Voy a la habitación de mi madre y, para mi sorpresa, no está.

—¿Y mi madre? ¿Dónde está mi madre? —les pregunto con borbotones de lágrimas en los ojos.

—Se la han llevado al tanatorio.

Tanatorio, otra palabra que me estalla en la cabeza.

—Pues yo voy a ir con ella ahora mismo.

—Vale, y nosotras también, pero primero tienes que tomar algo calentito. Vamos al comedor y nos sentamos un momento en el sofá.

Me siento relajada al rato de tomarme una infusión, aunque las lágrimas me salen sin querer. Nos dirigimos al tanatorio. En la puerta hay mucha gente que me da besos y el pésame, es tanta gente que ya no reconozco a nadie, solo noto el calor del brazo de Érica. Me parece estar en una nube, mi cabeza no quiere creer que me están dando el pésame por mamá.

—Érica, por favor, vamos a casa. No me encuentro bien, hay demasiada gente. Por cierto, no veo a mi padre, ¿tú lo ves?

—Lo hemos llamado y nos ha dicho que hoy era muy complicado venir. Vamos a casa a comer un poco, luego volvemos.

—Vale.

Por la tarde es igual, mucha gente pasando por el tanatorio, pero mi padre sigue sin venir. Yo estoy viendo, a través de un cristal, a mi madre en una foto al lado de su ataúd de pino, rodeada de un montón de flores de todas formas y colores, sobre todo dalias. Pienso que no es verdad, que voy a ir a casa y va a estar sentada en el sofá.

Érica se porta muy bien, me hace de filtro de la gente. Yo me encuentro embelesada mirando la foto de mi madre y de vez en cuando me sale una lágrima. La pandilla ha venido y están un rato conmigo, y aunque no muestran la misma alegría que siempre, me ha gustado que estén aquí. Sin embargo, mi padre no ha venido en toda la tarde.

Nos vamos a casa. Cuando entro y veo que no está mi madre, me cojo la cara con las manos y empiezo a llorar abrazada a Érica. Selma me hace una sopa de fideos y me obliga a comer la mitad; le hago caso. No puedo apenas hablar, siento como todo mi ser es un puzle cuyas piezas poco a poco se está desencajando, no hay manera de juntarlas. Pienso que no habrá ninguna manera de que vuelva a recomponerse. Solo quiero llorar y tumbarme en mi cama. Érica me lleva a mi habitación.

—Sofía, tómate esto, te irá muy bien.

—Gracias. ¿Duermes hoy conmigo, por favor? —le digo.

—Pues claro, ya me había dejado el pijama esta mañana.

—Ay, es verdad, que has venido en pijama. ¿Cuándo te has cambiado?

—Pues cuando tú te estabas bañando.

—Perdona, no me había dado ni cuenta.

—No pasa nada. Vamos, nos tumbamos en la cama y descansas.

—Buenas noches.

—Buenas noches.

Acomodo la cabeza en la almohada y me quedo dormida.

17

Despierto descansada. Ya es de día, el sol entra por mi ventana. Darien llamaría ayer y no le contesté, se habrá preocupado. Me levanto sobresaltada, pero con un vacío dentro de mí al pensar en lo de ayer, mi madre.

Salgo de la habitación. Oigo a alguien en la cocina, bajo las escaleras y veo a Érica preparando el desayuno en pijama.

—Buenos días.

—Buenos días. ¿Ya te has despertado? —me saluda sonriendo—. Te he preparado el desayuno, café descafeinado con leche y tostadas con mermelada.

—Muchas gracias. Voy a subir a por el portátil para mirar, que seguro que Darien llegó a la base y anoche no me comuniqué con él.

—No te preocupes, anoche estuve haciendo cosas en el ordenador y esperando que llamara para decírselo. Cuando me vio, se sorprendió y a la vez tenía cara de pánico. Preguntó por ti angustiado, y le conté la situación. Me hizo que llevara el portátil para ver cómo dormías, y se tranquilizó, estabas durmiendo como un angelito. Tranquila, estabas muy guapa. —Me sonríe—. Me dijo que intentaría estar hoy aquí, pero no sabía si podría llegar para ir a recoger las cenizas de tu madre. —En ese momento su cara se entristece por unos segundos, pero enseguida cambia la cara y continúa hablando—: ¿Sabes? Anoche te hice un variado de hierbas relajante y te ha ido muy bien.

—¿Sabes algo de mi padre?

—No, nada… Te acompañaré junto con mi padre y mi madre a recogerlas. Hemos dejado a tu elección si las quieres tener en casa o donde quieras.

De repente me embriaga una nostalgia en mi pecho, me vuelvo a destrozar de nuevo en mi interior.

—No lo sé, me las traeré a casa y lo pensaré. Te agradezco muchísimo todo lo que estás haciendo por mí en estos momentos.

—No te preocupes. Vamos a vestirnos.

Estamos en el coche de Selma, yo detrás con la urna en mis brazos e intentando que las lágrimas no fluyan por mis ojos, porque ahora tengo que ser fuerte, bastante paciencia han tenido los padres de Érica y ella misma conmigo. Tengo que empezar sin ella, pero… no sé por dónde, estoy perdida. Cada rincón de nuestra calle me recuerda a ella, pero está aquí ahora en esta pequeña urna y la abrazo con más insistencia.

Estamos aparcando en el garaje de Érica. Bajamos las dos caminando hacia mi casa. Cuál es mi sorpresa al ver a mi padre en la puerta de la cancela de casa. De repente, al igual que cambia el viento, toda esa angustia que sentía se vuelve rabia, por no estar ni siquiera en el entierro de mi madre. Cojo del brazo a Érica, que emite un gemido. Le doy un tirón con el que casi la tiro y la llevo de la muñeca hacia mi padre. Lo miro con ojos de rabia encendidos. Se le parte el corazón, pero más partido lo llevo yo. Giro por la cancela sin decirle nada, arrastrando a la pobre Érica conmigo, y entro en casa.

—Pero, Sofía, por favor —me suplica, persiguiéndonos.

Cuando llega dentro de casa, me giro hacia él y le digo con la misma rabia que tengo dentro:

—¿Vienes ahora? ¿No has podido ni venir para el funeral? ¡Cobarde, que eres un cobarde! Nos dejaste solas y en el momento que más te necesitaba no estabas aquí.

Se empieza a derrumbar la mirada.

—Sofía, por favor…

—Solo sabes decir eso: «Sofía, por favor». ¿Quién la abrazaba cuando tenía dolores? ¿Quién la cuidaba cuando estaba dormida? ¿Quién le daba medicación cuando le tocaba?…

En ese momento veo a mi padre totalmente derrotado, le doy un pequeño golpe en el pecho y empiezo a llorar, y él conmigo.

—Ella no quería verme, Sofía, no quería verme.

Nos abrazamos con la urna entre nosotros y lloramos los dos a borbotones. A los dos nos tiemblan las piernas. Dejo la urna en la mesa y vamos a sentarnos en el sofá, mi padre no quiere soltarme de la mano. Dejo de llorar y me siento con la mirada perdida, sin apenas moverme, pensando que nunca voy a volver a sonreír de nuevo. Todo el cuerpo me pesa, de nuevo tengo la sensación de que todo mi ser se destroza pieza a pieza y nunca más se va a poder recomponer. Siento tanta tristeza.

Al momento oigo el nombre de Darien. Me despierta de mis pensamientos perdidos, vuelvo a la realidad, empieza a recomponerse poco a poco ese vacío en mí. Cuando Érica me zarandea y me vuelve a decir su nombre, levanto la vista y veo a la persona más maravillosa del mundo cruzar la puerta. Me levanto, él viene hacia mí, y con solo cruzar sus brazos sobre mis hombros, acurrucarme en su pecho, sentir su calor corporal, noto cómo las piezas se empiezan a ensamblar de nuevo. Vuelvo a llorar, comienzo a darme cuenta de la situación, me encuentro en paz con los ojos empapados.

—¿Estás bien? Lo siento mucho.

—Ahora estoy mejor, gracias por venir.

Parece que nos estamos tranquilizando. Darien sube a ducharse y yo me quedo con Érica en la cocina.

—Sofía, va a venir un abogado a hablar contigo sobre unos acuerdos que hicimos mamá y yo para ti; esa fue la última vez que mamá quiso hablar conmigo. También tenía pensado quedarme contigo unos días y así vemos lo que quieres cambiar de la casa. Bueno, si tú quieres. Darien, ¿cuánto tiempo te vas a quedar? —le pregunta mientras baja por las escaleras con el pelo mojado.

—Pues en dos meses me mandan a destino, me quedaré aquí ese tiempo.

—¿Dónde te van a destinar? —le pregunto.

—Seguramente, a una base nacional, pero no sé dónde puede ser. Tú tranquila, tenemos dos meses para ver qué quieres hacer tú, y luego yo, ya veremos. —Me da un ligero beso.

Suena la cancela de la puerta. Abre mi padre.

—Sofía, ven, por favor. Es para ti.

Un señor con traje y corbata me espera en el salón y me da la mano al presentarse.

—Vengo a comunicarte, por petición de tu madre y tu padre, que tras el fallecimiento de tu madre, quedas en pleno derecho de la totalidad de esta casa sin carga ninguna. Firme aquí.

Mientras firmo, me comenta mi padre:

—Pusimos la casa a tu nombre, como tu madre quería. Siempre serás mi hija, pase lo que pase.

—Tu madre me hizo llegar esto personalmente para ti —continúa el abogado, que me da un sobre.

Dentro hay otro sobre con la letra de mi madre, donde pone «para Sofía». Lo cojo con las manos temblorosas, me voy a mi cuarto un poco agitada y lo abro. Es una carta de mi madre. Se me caen las lágrimas sin querer. Tiene una dalia dibujada en una esquina.

Querida Sofía:

Te pido perdón por dejarte sola, pero también te doy las gracias, por tener la mejor hija del mundo, porque sé que me habrás cuidado muy bien. Solo deseo decirte que eres una persona fuerte, que esto lo vas a superar bien, debes superarlo. El tiempo lo cura todo y siempre estaré en tu recuerdo, si en algún momento no sabes qué hacer, piensa qué haría yo y seguro que tu sensatez te lleva a la mejor opción. Siempre te apoyaré desde allá donde esté.

Por favor, no le guardes rencor a tu padre, fui yo la que tomó la decisión de que se fuera de casa y no me viera. No quería que viera cómo su flor favorita se marchitaba. Cuídalo y quiérelo mucho, es una bellísima persona y te adora muchísimo. Eres su princesa.

Te quiere,
mamá

Me quito las lágrimas de la cara. Princesa, siempre me llamaba así mi padre cuando, teniendo catorce años, le dije que, por favor, me volviera a llamar por mi nombre.

Bajo las escaleras llamando a mi padre, le doy un abrazo que casi lo tiro al suelo.

—Perdón, papá, si te he hecho sentir mal. Toma, ¿quieres leerla? Te gustará seguro.

Parte III

SOFÍA

18

Llevamos tres días viviendo juntos. No está mal, me cuidan un montón los dos, y ellos se llevan genial. Me parece maravilloso.

Papá duerme en el sofá, no quiere dormir en la habitación de mamá. Es muy cómodo, la verdad, lo decidió él. Darien duerme en la habitación de estudio, y yo en mi habitación, aunque todas las noches se viene conmigo, y yo se lo agradezco, me encanta dormir junto a él. Mi padre creo que se da cuenta, pero no dice nada.

Hemos vaciado la habitación de mamá. Cuando recogía su ropa para ponerla en bolsas, las lágrimas salían sin querer. Tiramos el colchón y desmontamos la habitación entera para venderlo en segunda mano; decisión mía. Me he quedado muchos objetos personales de mi madre, los quiero de recuerdo. Mi habitación la usaré para poner sus cosas, y la habitación grande la pintaremos y la decoraré para mí. Mi padre está llegando con la pintura ahora mismo, y los muebles vendrán cuando los avisemos.

—Papá, ya tengo la habitación con los plásticos puestos.

—Muy bien, te voy a preparar este cubo pequeño para que vayas pintando alrededor de la ventana, mientras Darien y yo prepararemos los cubos más grandes para pintar las paredes.

—Perfecto, subo a pintar.

He decidido pintar la pared del cabecero de un verde hierba, y el resto de las paredes en blanco. Los muebles son blancos, con un cristal en las mesitas y un aparador verde hierba. El cabecero de piel blanca quedará bonito. La verdad es que no miré precio, mi padre no me dejó, me gustó ese y ese me compró.

Estoy subida en la escalera pintando los lados de la ventana cuando suena el timbre de casa. No esperamos a nadie hoy. Al instante tengo a Darien en la puerta.

—Te busca un señor, dice que es tu profesor de universidad, Julián.

—¡No me digas que mi profesor ha venido a verme! —exclamo sorprendida—. ¡Vaya sorpresa, qué raro!

Bajo las escaleras donde estoy con la pintura con mucho asombro, y voy hacia las escaleras para ir al salón. Bajo un par de peldaños y lo veo.

—¿No le habéis dejado pasar?

Mi padre está como un portero en la puerta principal.

—¿Lo conoces?

—Claro que sí, es mi profesor.

Le abro la cancela desde la puerta principal y bajo hacia él, asombrada.

—Profesor, qué grata sorpresa. ¿Cómo usted por aquí?

—Veo que estás muy bien protegida.

Cuando me giro, veo a mi padre y a Darien como dos guardias de seguridad en la puerta, con los brazos cruzados. Sonrío.

—Perdona que haya ido a Administración en la universidad y solicitara tu dirección, pero es importante y quería decírtelo en persona.

—Claro, pase y siéntese. ¿Quiere un café o algo?

—No, tranquila, gracias. No tardaré mucho.

El profesor Julián tiene puesto su traje negro de corbata, como suele venir a clase. Siempre empieza con chaqueta y corbata, y conforme va avanzando la clase y él se siente cómodo en la explicación, acaba con la corbata desabrochada y, algunas veces, quitada. Pero a los pasillos vuelve a salir como un pincel.

Como lo noto un poco tenso con tantas miradas hacia él, mando a mi padre y a Darien a hacer té para mí.

—Dígame, ¿por qué ha venido a visitarme?

—Ante todo, quiero darte el pésame por tu madre. Recibí un *email* de una amiga tuya, Érica, donde me comunicaba que si temporalmente no recibía noticias sobre tu trabajo era por la situación.

«Esta Érica siempre está en todo», pienso.

—Pero ¡se lo mandé terminado!

—Sí, de hecho me han parecido fascinantes tus ideas y me he permitido mandarlo a un amigo del norte que trabaja en un laboratorio de investigación. Cómo no, le ha encantado y quiere que trabajes con él, por supuesto, si tú quieres… Cuando te encuentres preparada, piénsatelo y dime cuándo quieres empezar. Tendrás que pasar unas entrevistas, pero si te interesa manda un *email* a este correo, dices que vas de mi parte y te darán hora, lugar de entrevista… Tranquila, es un sitio de fiar.

—Me ha dejado sin palabras. ¡Claro que me encantaría trabajar en un laboratorio de investigación! Pero necesito centrarme un poco y pensármelo, no quiero precipitarme.

—Bueno, si te ves más segura cuando te lo pienses y aceptes —me giña un ojo—, me mandas un *email* y yo hago de intermediario, te digo yo hora y lugar concretos.

Se levanta y me da la mano. Giro sobre mis pies y veo a los dos, con ojos sorprendidos, mirándome.

—Muchas gracias por venir, profesor, y gracias por ofrecerme esto tan importante para mí en estos momentos.

—Para nada, siempre has sido mi mejor alumna desde que empezaste la carrera, y me lo has demostrado en tu proyecto. Ah, ya no soy tu profesor, llámame Julián.

Vaya sorpresa más grata. Hablamos un poco del tema mientras terminamos de pintar el cuarto. Ellos apoyan que vaya al norte, y Darien dice que podría pedir base también allí.

Noto a mi padre un poco tenso, como indeciso, nervioso, y le pregunto.

—Papá, ¿te encuentras bien?

—Hija, quería hablar contigo, pero no sé cómo empezar porque no sé cómo te lo vas a tomar.

—Dime lo que quieras, papá, que no pasa nada.

—Pues que Lucía, mi compañera y pareja… —agacha la mirada— está en el pueblo, en el hostal, y me ha dicho si puede verte para darte el pésame de mamá, solo si tú quieres.

En ese momento me pongo tensa, no sé cómo reaccionar. «Pareja…».

—Papá, por favor, dame tiempo. —Me levanto y voy hacia Darien, que me ve la cara.

—He oído la conversación. Ya sé que es duro, pero tienes que darle una oportunidad. No te está pidiendo que comas con ella, te está pidiendo que vayas a verla para que te dé el pésame.

—¿Crees que debo hacerlo, Darien?

—Claro. Quedamos fuera de casa, en el chiringuito de la playa, por ejemplo.

Después de pensármelo un rato, con la brocha en mano, voy hacia mi padre y le propongo quedar en el chiringuito. Sus ojos le empiezan a brillar, casi para llorar. Me abraza, coge a Darien por el cuello y le da otro achuchón. Descuelga el teléfono y al momento está hablando con Lucía.

Estoy nerviosa, tengo el corazón dividido, pero por mi padre seré fuerte.

Cuando llegamos, veo a una mujer morena, con ojos grandes, unos pantalones vaqueros, una blusa lisa blanca y las zapatillas del mismo color. Tiene un aire muy casual. Está hablando por teléfono muy seria e imponente, pero al vernos cuelga enseguida. Nos habla de forma muy cordial.

—Hola, Sofía. Siento mucho lo de tu madre, de verdad. Tu padre no para de hablar de vosotras. No quiero hacerte sentir mal, solo quiero acompañarte en el sentimiento.

—Gracias —le contesto. Parece una persona clara y directa, no está mal.

Mi padre ya tiene una mesa de cuatro, se sienta a mi lado. Darien se coloca enfrente y, al lado, Lucía. Empezamos a hablar del tiempo, de lo bonito que es mi pueblo, de las cosas que tiene. Me sorprende cómo lleva la conversación Lucía, se nota que tiene mucha voz de mando y un saber estar en todas las situaciones. Se le nota con mucho temple, pero relajada y contenta. Conociendo a mi padre, que enseguida hace carantoñas, se están comportando muy bien para que no me sienta violenta. Me parece muy bien, lo agradezco.

Al momento le suena el teléfono y la cara de relajada se le vuelve tensa. Se disculpa, se aleja y habla con tono firme.

—Estoy de fin de semana, lo dejamos todo finiquitado para poderme venir aquí. Si tienes algún problema, habla con Claudia… ¿Como? No me digas eso, si el lunes hay que entregarlo, nos quedan dos días… Mándame todos los archivos por *email,* intentaré arreglarlo con la *Tablet.* Quiero modificación para ¡ya!

Vuelve hacia nosotros y pide disculpas.

—Lo siento mucho, estaba muy a gusto con vosotros.

—¿Qué ha sucedido? —pregunta mi padre.

—Pues que ahora quieren una modificación de una parte del proyecto y lo quieren para el lunes.

—Cariño, me voy con ella. —Asiento con la cabeza.

Darien y yo paseamos por la playa recordando nuestra primera cita. Nos sentamos en el mismo sitio y nos quedamos observando las olas de agua llegar a la orilla.

Cuando estamos llegando a casa con unos bocadillos para cenar, pues se nos ha hecho tarde para hacer la cena, nos suena el teléfono.

—Cariño, perdona de nuevo. —Es mi padre—. ¿Sabes si mañana domingo abre la biblioteca? Es que el wifi del hostal no funciona bien y Lucía no puede hacer su trabajo.

—Papá, por favor, un domingo. —Oigo una mueca por el auricular—. Dile que venga mañana aquí a casa y, si quiere, le dejo el portátil por si le viene mejor usarlo.

—Vale, muchas gracias. A ella con quedarse en el porche le vale, me está comentando.

—Para nada, papá, que se ponga en la mesa del comedor, que estará más cómoda. En el estudio están las cosas de Darien, como bien sabes.

El porche era el sitio favorito de mi madre.

—Vale, iremos pronto, y si estáis durmiendo, tranquilos, no os molestaremos.

19

Ya estoy despierta, muy cómoda en el pecho de Darien. Dormimos en la habitación nueva, que nos la han traído por la tarde antes de quedar con Lucía, por eso mi padre tenía tanta prisa por pintar. Aún huele un poco a pintura, pero como hace tanto calor, se seca antes. Mi padre puso un ventilador en el centro, mientras pintábamos. Cuando vinieron los montadores, la verdad es que lo hicieron con mucho cuidado y no los colocaron pegados a la pared para que se terminara de secar.

Al momento oigo la puerta de la cancela. Son las ocho. Luego escucho la puerta principal. Empieza a subir un olor a bollería caliente recién horneada, ¡qué bien! Han pasado por el horno. Me levanto, voy hacia la puerta del cuarto cuando Darien me coge de la cintura, me tira de nuevo en la cama y me empieza a dar un montón de besos mientras me hace cosquillas, diciendo:

—Mmm, pensaba que eras tú ese olor tan delicioso.

Nos reímos y se levanta conmigo.

—Te espero abajo.

Con una sonrisa de oreja a oreja voy dando saltos al reconocer el olor de rollitos de hojaldre con crema recién hechos. Los solía traer mi padre todos los domingos, lo echaba de menos.

—Buenos días.

—Buenos días —dicen al unísono.

—Lucía, te bajo el portátil enseguida.

Oigo que me da las gracias a lo lejos. Me estremezco de nuevo unos instantes, tengo que hacerme la fuerte pensando que es por la felicidad de mi padre. Lo llevaré bien.

Mientras mi padre está haciendo el café, ya tiene puestos los hojaldres en la mesa, Lucía me pide permiso para descargarse una versión de prueba gratuita de un programa que necesita.

Cuando terminamos de desayunar, mi padre y yo nos tiramos al césped de al lado de la piscina. Darien se va a correr un poco por la playa y Lucía está en la mesa del comedor con el portátil.

Estoy mirando el abeto de Navidad, que ha crecido un montón. Siempre, cuando llega la primavera, vamos por la montaña y lo plantamos, y le ponemos un nombre recordando algo de ese año. La verdad es que tenemos un pequeño bosque plantado. Cuando vamos, pasamos el día de pícnic por la zona mientras lo plantamos.

—Papá, ¿vamos esta tarde a plantar el árbol? Este año le ponemos el nombre de mamá.

—Me parece genial, este año había pensado en ponerle unas flores solares de cristal alrededor, así siempre tendrá la luz que ella desprendía.

Nos miramos y hacemos una mueca de nostalgia.

Como ahora alarga el día, a las seis nos preparamos para subir a la montaña, que está a unos diez minutos de casa. Este año el abeto es más grande de lo normal y se sale por la ventanilla de la parte trasera del coche. Darien y mi padre van detrás sujetando el abeto, inclinados en los asientos, sujetándolo en las curvas. Yo voy conduciendo. Mi padre irradia felicidad por ir todos juntos a plantarlo. Le ha pedido a Lucía que venga con nosotros, y ella ha aceptado encantada. Está de copiloto. En el coche le pregunto si ha podido terminar el trabajo, ella se pone muy seria y me dice:

—Sí, también he podido retrasar un día la entrega, la tengo preparada para mañana. Pero no los debemos acostumbrar al dicho y hecho en el instante, que este reajuste ha sido fácil, pero otros son más complicados y necesito un margen de tiempo por alguna posible complicación. —Me mira con una pequeña sonrisa y me giña un ojo. Se le ve una persona muy inteligente.

—Sofía, frena, frena más en esa curva, que si no se saldrá el abeto por la ventana y veremos quién lo vuelve a meter en el coche.

Giro la cabeza y el espectáculo que hay en el asiento de atrás es para grabarlo, «el camarote de los hermanos Marx y el abeto».

Llegamos a una zona arbolada. Por el camino de piedras, que apenas cabe el coche, encontramos un trozo de llano para aparcar. Descargamos todo, carreta, pala, maderas y pintura para pintar el nombre, y este año, como novedad, también las flores solares. Caminamos por un pequeño sendero, al final hay un claro, donde en mitad hay una fila de árboles de mayor a menor altura, con una placa y un palo de madera clavado en el suelo; en cada uno, hay una inscripción. Dejamos las cosas debajo del primer árbol, en el cual está inscrito mi nombre; en el siguiente, «primeros pasos»; en el tercero, «primeras palabras»; en el cuarto, «empieza el cole», y así hasta veinticinco árboles colocados en forma de círculo, todos ellos con una inscripción de lo sucedido cada año. Cogida del brazo de mi padre, hacemos el recorrido por todos y miramos los carteles que tenemos que repasar con pintura. El árbol quinto es muy especial para mí, tenía cinco años, recuerdo mucho del momento. Yo ya me sabía los colores, decidí que lo iba a llamar Verde, me empeñé en escribir todos los nombres de los colores en un cartel más grande. Estuvimos toda la tarde los tres juntos pintando colores, en ese momento me sentía la niña más feliz del mundo pintando junto a mi padre y mi madre. Con solo recordarlo, vuelvo a una nostalgia profunda.

En ese momento siento una mano cálida en la mano con la que no abrazo a mi padre, y es Darien, que nos seguía escuchando todos los recuerdos.

—Este es cuando empezaste el instituto, ¿verdad?

Es obvio, pone «instituto» en un cartel enorme, pero cuando empecé la universidad era aún más grande. Después de comentar los carteles de los árboles, elegimos el sitio donde vamos a colocar el próximo y decido que voy a repasar los carteles más viejos que están más deteriorados, mientras ellos deciden quién va a cavar. Lucía se ofrece, mientras mi padre se sorprende y le pregunta si ha cavado alguna vez. Ella, muy suspicaz, le dice que ha sido criada en una granja, hasta que se fue a la ciudad a estudiar. La verdad es que no lo hace mal. Darien se viene conmigo a repasar carteles.

Pasamos una tarde estupenda en memoria de mi madre.

20

Estoy haciendo las maletas, después de tres semanas en casa con Darien he decidido ir al norte al laboratorio de investigación. La semana pasada, le mandé un *email* a mi profesor, que me respondió con unas indicaciones. Tengo que volar mañana por la mañana a primera hora. A las 10:30 tengo la primera entrevista. Le pregunté a Julián si me llevaba una maleta de mano, y me recomendó que me llevara una para facturar; palabras textuales: «No creo que no pases la entrevista».

Darien se irá una semana con sus padres para ver a la familia y luego volverá a la base, y me ha dicho que intentará pedir una base del norte.

Qué nerviosa estoy, nunca he salido sola del pueblo tan lejos. Esta tarde me despido de los amigos. Selma cuidará de la casa y Érica no para de soltar lagrimillas, pero se alegra un montón por mí.

Darien me llevará al aeropuerto, que mi padre no puede, pero le ha dejado el coche; él se ha ido estos días con Lucía. Luego se lo devolverá en la ciudad.

Etapa nueva en mi vida, es tan aterrador como emocionante. Subir al avión es como muy liberador, ver las nubes, relieves montañosos… Es una experiencia maravillosa.

El vuelo ha sido de una hora, pensaba que me pondría más nerviosa, pero realmente ha sido fascinante. Estoy desembarcando, acabo de encender el móvil y ya tengo llamadas perdidas de Darien, Érica y papá. Solo se ha retrasado diez minutos, no me quiero ni imaginar lo que puede pasar si algún día me retraso por cualquier circunstancia en las llamadas; tendré a los geos buscándome.

Llevo una maleta pequeña con un par de mudas, no sé si pasaré la entrevista, no me iba a traer la maleta grande. Si me fuera a quedar, le diría a Érica que me enviara una maleta por mensajería.

Me comentaron que me iban a recoger en el aeropuerto, así que cuando salgo, veo a un señor vestido de chófer con mi apellido en un cartel y me dirijo hacia él. Me presento y lo sigo. Cuando estoy en el coche, suena el teléfono. No me han dejado ni poder llamarles.

—Dime, papá. Está muy bien, no te preocupes por mí. Acabo de llegar, el vuelo puede tener retrasos, ¿sabes? Y no te preocupes que en cuanto pueda te llamo, te lo digo para los próximos días.

—Vale, hija, no te pongas así. Es la primera vez que te vas sola, soy tu padre y me puedo preocupar, me da igual cómo te pongas. ¿Has hecho bien el viaje?

Con un suspiro le contesto.

—Espera un momento, papá, voy a hacer una llamada a tres y os lo cuento todo de una vez. —Realizo las llamadas—. ¡Hola, chicos! ¿Cómo estáis? He llegado bien, estoy muy contenta. Esta noche os vuelvo a llamar y hablo con cada uno, ahora voy en un coche, me han recogido en el aeropuerto. La verdad es que estoy teniendo unas vistas muy bonitas, hay mucha vegetación y montañas.

—Sofía, me alegro de que el vuelo te gustara. No tenía muy claro cómo ibas a reaccionar con las alturas. Por cierto, me conformo con que me mandes un *email* a la semana y me cuentes o una llamadita, tampoco tienes que llamarme todos los días, siempre que estés bien —me comenta Lucía.

—A mí sí —dice mi padre.

—Papá, te llamaré cuando pueda…

Darien no dice nada, solo escucha, pero entonces interviene:

—Puedes llamarme cuando quieras.

Una sonrisa ilumina mi rostro al oír su voz.

—Te llamaré todas las noches.

—De fuera vendrán y de tu casa te echarán. A él todos los días, y a mí cuando puedas, que soy tu padre —se queja con voz de pena.

—Vale, papá, también te llamaré. Bueno, chicos, os dejo, que parece que estoy entrando en el pueblo. Ya os cuento.

—Adiós —se despiden al unísono.

Las calles empiezan a estrecharse, apenas cabe el coche. La carretera es de adoquines gastados por el paso del tiempo. Tomamos un par de curvas dibujadas en la calzada y llegamos a la plaza del pueblo, toda adoquinada con una pequeña fuente en el centro y, alrededor, casas construidas con piedras y con porches de madera. Es un sitio muy pintoresco y precioso. Alrededor de la fuente hay unos puestos ambulantes, un mercadillo, donde venden frutas, verduras y productos en conserva; en otros puestos venden telas, utensilios de barro para la cocina, quesos, aceitunas… El ambiente resulta muy hogareño y familiar.

Aparca el coche en una zona reservada, coge mi maleta y me acompaña hacia un hostal. La entrada es un arco, enfrente hay un mostrador y los techos son vigas de madera. A la derecha hay un sillón de madera tallada, forrado con tela roja, muy elegante. El taxista dice mi nombre a una señora de mediana edad con cara redonda como una manzana, que sonríe.

—Buenos días, Sofía. La estábamos esperando. ¿Qué tal el viaje? ¿Todo bien? Soy Silvia.

—Bien, gracias —respondo.

—¿Quiere una bebida o comer algo antes de que venga la señorita Elena a hacerle una entrevista?

De repente noto la boca seca.

—Vale, gracias, un vaso de agua —respondo un poco nerviosa.

—Vamos a dejar aquí la maleta, me vas a acompañar a una sala. Como puedes ver, esto antes era una casa señorial del siglo XIX, la han rehabilitado dejando diez habitaciones muy modestas, una sala de reuniones y una pequeña cocina.

Voy caminando junto a ellas, estamos pasando por unos pasillos. El techo es de vigas de madera. A la izquierda hay unas puertas, y a la derecha, unas barandillas de forja. En el techo, las mismas vigas de la entrada. Desde la barandilla se puede ver un jardín maravilloso y bien cuidado con una fuente en el centro, bancos alrededor de ella y, al fondo, las caballerizas, que las han dejado de almacén, según me va contando Silvia. El pasillo hace forma de L.

Entramos en una sala y, para la sorpresa de Silvia, está Elena.

—No le visto entrar hoy, Elena —dice Silvia sorprendida.

—Ayer decidí hacer noche aquí y esperar la llegada de Sofía. —Se gira hacia mí y me saluda muy cordial—. Por cierto, la diez es la que he usado esta noche.

—Ahora la mando a limpiar, gracias. —Sale por la puerta un poco agitada.

—Buenos días, Sofía. Como bien te ha dicho Silvia, soy Elena. Me alegro de conocerte. Vienes muy bien recomendada por el profesor Cervera, he leído tu trabajo. —Me indica que tome asiento mientras ella también lo hace.

La estancia es similar al resto del edificio, todo muy bien conservado. Nosotras nos sentamos en una mesa grande en el centro, cómo no, de madera.

—Esta noche he repasado tu proyecto, me ha parecido brillante. Soy la directora de proyectos, vamos a realizar aquí el tuyo, ¿qué te parece? —Mis ojos se abren de sorpresa y felicidad—. Lo dirigirás tú bajo mi supervisión. Te he puesto personal a tu cargo, me gustaría que los conocieras antes de incorporarte y que les hagas saber tus ideas. Te voy a dejar unos folios para que realices un psicotécnico; luego, cuando termines, se lo das a Silvia y te relajas un poco por el pueblo. Después de comer nos volvemos a ver.

Aparece Silvia con una jarra de agua y unas pastas, que deja en la mesa.

—Sobre las cinco vuelvo a por ti y te explico más cosas. Te recomiendo que compres algo para la comida y la cena, Silvia te dará una habitación para pasar el día. Por la noche iremos a otro sitio, sé que sabes cocinar y te gusta. —La miro sorprendida—. Las personas que entran en estos proyectos son investigadas de forma muy concreta. Cuando acabes, si te parece puedes dar una vuelta por el mercadillo y nos vemos a la tarde. Bienvenida.

Se levanta y se dirige hacia la puerta. Miro las hojas, tardo unos minutos en centrarme. Me encuentro eufórica de alegría, ¡vamos a realizar mi trabajo! Tengo ganas de llorar de la emoción… Me sereno y empiezo a contestar.

A los veinte minutos he acabado, se lo dejo en la recepción a Silvia y me dirijo al mercadillo. Es digno de estampa, los puestos conservan el estilo del pueblo todos muy rústicos, desmontables, colocados en círculo en medio de la plaza. Me acerco al puesto de frutas, tiene una pinta exquisita. La señora, muy agradable, me pone lo que le pido, dos peras, dos plátanos, dos manzanas y un par de kiwis. En el siguiente puesto compro verduras: berenjenas, calabacín, patatas, tomates y unos puerros magníficos. Tienen huevos que aún conservan algunas plumas de las gallinas, más caseros no pueden ser. Ya con las bolsas cargadas, observo una pequeña tienda de ultramarinos, que al entrar es muy acogedora. Tiene encanto, con sus estanterías de forja. Aquí compro unas cuantas cosas más.

Me dirijo hacia el hostal, con un agujero en el estómago, tengo hambre. Voy pensando en dónde voy a poner todo lo que he comprado.

Silvia me mira sonriendo.

—¡Sí que te ha gustado el mercadillo!

—Sí, me ha dado hambre y casi me llevo todos los puestos. No sé dónde lo voy a poner en la habitación. —Sonrío.

—No te preocupes, tienes una pequeña cocina con nevera.

Silvia me acompaña. Al llegar a la habitación, me sorprende ver que en un sitio tan pequeño pueda caber tanto y bien colocado. Al abrir la puerta, enfrente, hay una cama pequeña debajo de la ventana exterior con una mesita, lo justo para una persona. A la izquierda hay una bancada con dos fogones, un microondas y una pequeña nevera, con armarios altos y bajos de pared, no llegan a dos metros. Haciendo esquina hay una ventana que da al pasillo de las habitaciones, que mira al jardín central. Entra mucha luz. Debajo hay una pequeña pila y, para cerrar la cocina, hay una bancada de un metro con un taburete. Enfrente, al lado de la cama, hay una puerta plegable que da acceso al cuarto de baño. Hay una pequeña ventana a la derecha que da al exterior, debajo está el váter y enfrente la ducha. Enfrente de la puerta hay un lavabo. La televisión me sorprende que esté encima de la puerta de entrada, aunque también es verdad que otro sitio no hay, está todo al milímetro.

—Es muy pequeño, pero para estar una tarde es perfecto.

—Muchas gracias. —Le sonrío.

Al cerrar la puerta veo un perchero detrás. La verdad es que no le falta detalle. Doy un paso al frente, pongo los brazos en cruz y doy una vuelta sobre mí misma sin tocar nada. Compruebo que, aunque es pequeño, me puedo mover con soltura.

Me acomodo, coloco toda la compra donde me parece, me lavo una manzana y me dispongo a hablar con todos para contarles.

21

A las cinco de la tarde estoy con mis cosas en la puerta del hostal. Me he comido tres piezas de fruta y verdura a la plancha que me he hecho. Serán los nervios, pero tenía mucha hambre.

Llega Elena.

—Vamos a dar un paseo.

Empezamos a caminar calle arriba.

—Te voy a explicar lo que hacemos aquí. Hace unos tres años, el Estado decidió hacer una planta de reciclaje en este pueblo para volver a dar vida a esta zona rural. Se hicieron muchos estudios en muchos pueblos y este fue el ideal. Todo está hecho de material sostenible y biodegradable, como te voy a enseñar. Ha dado trabajo a la gente de la zona y han vuelto a repoblar el pueblo. Hemos realizado un transporte eléctrico para llevar a los trabajadores al puesto sin necesidad de estropear más el paraje.— Acabamos de llegar a unas vías donde hay unos vagones con placas solares en el techo. Se acerca a la puerta—. Miri, codificación.

Se abre la puerta y me invita a entrar, indicándome una placa en el suelo. Al momento sale una luz del techo y me escanea.

—Sofía, dime tu fecha de cumpleaños.

Y la introduce en una pantalla táctil.

—Ella es Miri IA. Lo que ha hecho es escanear para ponerte en la base de datos y que puedas andar por todas las zonas. El código lo puedes cambiar. Algunas zonas tienen la entrada restringida y tienes que poner el código, y si tienes acreditación, entrarás. Para coger el tranvía, ahora no tienes problemas. El tranvía tiene un cupo de personas, no pueden subir más de esa cantidad. Cada trabajador tiene asignada una hora para subir, y hay dos horarios. La verdad, eso lo lleva Miri. Miri, ¿cuántas personas suben al día en el tranvía?

—A las cinco, suben setenta y cinco personas; a las cinco y media, setenta y cinco personas, son trabajadores de la fábrica. A las ocho suben cincuenta personas, entre personal de oficina y almacén. A las dos y media suben los trabajadores del turno de tarde, cincuenta personas; pueden variar las personas, pero no la cantidad. Al mediodía baja de las fábricas a la una y media y otro a las dos.

La voz es de una chica muy agradable, que sale por los altavoces del tranvía, en movimiento.

—Miri, tenemos compañera nueva, se llama Sofía.

—Mucho gusto, Sofía. Estoy para ayudarte en lo que necesites —dice la voz de Miri.

—Gracias, Miri.

Nos sentamos. Se pone en movimiento sin apenas ruido y de manera suave.

—El tranvía nos lleva a tres dependencias independientes, ahora vamos a subir a la fábrica de reciclaje. ¿Ves esa vía que gira hacia la derecha? —Y Elena me señala en esa dirección—. Pues esa va a los laboratorios donde trabajas tú, y unos pocos metros más hacia delante se encuentra otro desvío, que se dirige a la seguridad de las instalaciones y el centro donde se encuentra Miri, pero eso te lo explicaré más adelante. Comencemos por la fábrica. Cuando el Gobierno puso en auge la repoblación de pueblos abandonados, este tuvo la suerte de ser el elegido para montar la fábrica de reciclaje, que recicla cien kilómetros a la redonda e incluso un poco más. Se rehabilitaron varias casas en el pueblo para los trabajadores, vinieron muchos de la zona, algunos decidieron quedarse como trabajadores de la fábrica y otros quisieron ampliar sus tierras y cultivar, usarlas como explotación agraria, que son la mayoría que luego vende en el mercado todas las mañanas. Ahora vamos a subir a las oficinas y te sigo contando.

Entramos por una puerta metálica, se oye un ruido ensordecedor de las maquinarias en funcionamiento. Subimos por un ascensor de cristal, desde donde se puede ver a todos los trabajadores en sus respectivos puestos y todas las maquinarias. Cuando entramos en la oficina, el ruido de repente cesa.

—No te preocupes, todo el personal tiene cascos para insonorizar los ruidos, con un intercomunicador con códigos para comunicarse entre ellos. Como puedes observar —señala unos ventanales gigantes por donde se ve una carretera con camiones llenos de desechos para descargar, al lado opuesto de las instalaciones de máquinas—, por aquí descargan, según el material, en la puerta correspondiente. Aquella del final es para papel y cartón. El personal desecha cualquier otro material, luego la máquina lo prensa y se recicla. Después veremos el almacén.

Yo voy escuchando atentamente y con mucha curiosidad todo lo que me cuenta.

—La cadena del centro es para el plástico, es la más grande porque es a la que más material llega, y el proceso de reciclaje es un poco más lento. La de la derecha es para el compostaje, y en la esquina, la más alejada, está el vidrio, que necesita un horno especial para fundir y la reconstrucción es más elaborada. Normalmente, recicla cuando hay un pedido concreto de vidrio, por ejemplo, botellas de vino con un grosor especial, entre otras cosas. Es la única sección que trabaja de noche, para completar el pedido, porque una vez fundido hay que reconstruirlo enseguida. Hacen también el mantenimiento de las máquinas de toda la fábrica.

—¿Así podéis pagar a los trabajadores?

—Así es, financiamos los proyectos que luego te enseñaré, pero también tenemos una pequeña ayuda del Gobierno. Como puedes comprobar, toda la energía la recogemos del sol, tenemos generadores eléctricos de energía para cuando hay días lluviosos y no se pueden cargar las placas.

Salimos rodeando el edificio por un porche exterior y llegamos a la zona de almacén.

—Por esta primera sale papel o cartón, según necesidades. En la segunda salen los pequeños trozos llamados «granza», que es el resultado de triturar los plásticos. Y por esta del final, compostaje.

Volvemos al tranvía, el cual nos dirige por una zona frondosa, y poco a poco se ve entre los árboles una cúpula toda de placas solares. Cuando avanzamos más veo, para mi sorpresa, que no es una cúpula, sino una esfera perfecta en medio del bosque sujetada con una cintura de hormigón con patas del mismo material, anclada al suelo. Subimos por un ascensor panorámico, como en la fábrica. En el centro de la esfera hay una especie de invernadero, un río que pasa de lado a lado, para sumergirse en la tierra al final de la estructura, y alrededor vegetación de toda clase.

—Te presento el lugar donde vas a vivir. Aquí, como puedes observar, intentamos mantener una vegetación natural, con temperatura, luz solar y humedad adecuados para la producción de una vida autónoma de las personas, y para futuras edificaciones sostenibles para su propio consumo. Aquí está el nacimiento del río, donde colocamos la esfera con sumo cuidado para empezar a trabajar la biosostenibilidad.

—¡Guau! ¡Es una pasada! Es maravilloso y se respira aire puro.

—Estamos en el anillo de hormigón, donde hay unas barandillas para ver el jardín botánico que tenemos abajo. A nuestra espalda hay muchas puertas y ventanas juntas. Bueno, por hoy ya hemos terminado. Te dejo en tu habitación. Puedes preguntarle a Miri todo lo que necesites. Mañana terminaremos de ver las instalaciones y te diré dónde trabajarás. Hasta mañana.

Pasa una tarjeta, la cual me da. La estancia es semicircular, al fondo hay una cama grande con dos mesitas. En la derecha veo un armario ropero grandísimo y, delante, dos puertas correderas para separar la estancia, ya que delante tengo un sofá, en la misma posición que una televisión en la pared al lado de la puerta corredera.

—Por favor, ¿puedes poner tu móvil en el soporte de la derecha? Así nos vamos conociendo —me dice Miri.

Me sorprendo y hago caso, me giro a buscar el soporte. Veo una puerta muy grande al lado en la pared, la abro y hay una lavadora y una secadora con estanterías arriba.

—A la derecha, si bajas el asa de la pared, hay una tabla de planchar que a la vez hace de ventana al exterior, y en la parte de abajo, un tenderete extensible para la ropa delicada que no utilice secadora —me explica Miri.

—¿Me puedes ver?

—Sí, controlo todas las instalaciones, menos la zona de la estancia de dormir y los cuartos de baño cuando lo pedís. Si quieres, te explico la cocina.

Estoy tan alucinada que no me he dado cuenta de que a la izquierda tengo una pequeña cocina, similar a la del apartamento, pero un poco más grande.

—Sofía, ya estoy instalada en tu móvil, podrás hablar conmigo donde estés, aunque estés en tu casa de la playa. Ya te conozco a ti; tú me puedes conocer a mí. He entrado en tus redes sociales, ¿quieres que te ponga las redes sociales en privado y que solo lo vean tus amigos?

—¿Y a eso no se le llama violación de la intimidad? —pregunto un poco molesta.

—No te preocupes, tus datos solo los veo yo, y el código que has introducido en el tranvía es tu código de seguridad. Para conservar todos tus datos, cuando cambies la contraseña, te recomiendo sincronizar tus huellas dactilares, para mayor seguridad. Ya he privatizado tus redes sociales.

—Madre, qué sofisticado todo. Gracias.

—Relájate, que esta es tu nueva casa. Puedes deshacer la maleta, porque vas a tener visita.

Me giro sobre mis pies y veo en la pantalla del móvil la puerta de entrada con dos mujeres tocando al timbre, una es Elena y la otra sostiene una tarta.

—¿Les abro? —dice Miri.

—Claro.

Mientras, me dirijo a dejar la maleta en la zona de noche.

—Hola, soy Silvia. A Elena ya la conoces. —Y cierra la puerta a su espalda.

La noche está siendo amena y agradable, han traído torta de tomate y ensaladilla para celebrar la bienvenida. Me han ayudado a hacer la cama, diciéndome que Miri sirve para todo, menos para las tareas del hogar. Estamos en la barra de la cocina cenando.

—Bueno, como habrás podido deducir, ella es mi pareja, Silvia. Soy su jefa en horario de trabajo, pero luego soy su compañera —comenta Elena.

—Tú serás mi compañera, he oído que tu proyecto es fantástico. Mañana lo vemos y empezamos a desarrollarlo —dice Silvia.

—¿Qué es de tu vida? —Ambas me miran intrigadas.

Empiezo a contar lo de mi madre, Darien y mi queridísimo padre.

—¿Y vosotras qué tal? ¿Cómo os conocisteis?

—Aquí, llevamos más de cinco años. Nos enamoramos al vernos. Compartimos muchas actitudes, con solo una mirada supe que era la mujer de mi vida. Luego vinieron los pequeños roces sin querer, estremecernos al tocarnos, el cosquilleo en el estómago, y el primer beso fue maravilloso. Somos las dos biólogas, nos entendemos a la perfección, pensamos más o menos igual, con algunos matices —me cuenta, mirándose ambas con mucho cariño—. A la anterior jefa de sección la invitaron a salir porque no se avanzaba en el proyecto. Se lo propusieron a Elena, que consiguió finalizar algunos proyectos inacabados, y aquí la tenemos. Estoy superorgullosa de ella.

Elena se pone a recoger la mesa.

—Eres una exagerada. Puede ser que me pase lo mismo que a la de antes, tenemos que trabajar duro, con eficacia y resultados. Mañana te explicaré mejor, nuestro trabajo será desarrollar tu proyecto.

—Vamos a cambiar de tema, que Elena se pone muy seria y no estamos en horario de trabajo. ¿Sabes que estamos intentando tener un hijo? Ya me puse en tratamiento, pero fue fallido, y ahora estamos en periodo de reposo. Bueno, no te vamos a marear más, que querrás descansar. Nosotras nos marchamos.

Y como un huracán, igual que llegaron se han ido, apenas he podido hablar. Son muy agradables y parecen buena gente… Qué bonito que quieran tener una familia, ojalá Darien y yo en un futuro podamos tenerla; mi padre seguro que sería un gran abuelo. Ahora que estoy pensando, ¿desde cuándo no tengo yo el periodo? Madre mía, mañana buscaré una farmacia en el pueblo. Voy a ducharme y a hacerles una videollamada a todos para contarles este largo día.

22

A la mañana siguiente me despierto llena de energía, con ganas de ver mi primer y nuevo puesto de trabajo, comenzar con mis muestras, mis calibraciones. Por fin voy a ver mi proyecto rodar.

Después de llevarme a los laboratorios donde estaré, volvemos al pueblo para llenar la nevera y comprar unas cuantas cosas para estar cómoda en lo que será mi nuevo hogar durante una temporada. Anoche le dije a Érica que hiciera el favor de mandarme cajas con mis cosas, lo he dejado a su criterio, que es bastante bueno. En mis compras, paro en una farmacia para comprar un test de embarazo, solo para descartar. Me dirijo al tranvía y subo sola, porque no es horario de trabajadores.

Al llegar descargo todas las cosas en mi circular apartamento, lo coloco todo en su sitio y bajo a los laboratorios. Silvia parece sorprendida, porque me dijo que me cogiera la mañana libre tranquilamente. Me sonríe y empieza a explicarme la situación: mi proyecto, según mi teoría, está ya en marcha.

Mi profesor —qué grande es— ya se ha encargado de arreglar todo el papeleo para que la patente del proyecto sea solo mía, solo tengo que firmar toda la documentación, asegurándose de que en el tiempo de un mes le llegará una copia de lo firmado por mí. En su día me comentó que tuvo una genial idea, la desarrolló, pero luego los elogios y los beneficios se los llevó otro. No me quiso contar de qué trataba, porque ya era agua pasada, pero no quería que me pasara a mí.

Ya en el laboratorio, han comenzado, mis anotaciones de los procedimientos se están realizando. Observo unos pequeños fallos en la ejecución.

—Silvia, este procedimiento no lo veo correcto, no es lo esperado…

No me deja terminar la frase.

—Cámbialo, estás al mando, es tu proyecto. Yo solo superviso los avances, tú tienes que realizar los cambios que quieras —me recuerda, con una sonrisa en la cara.

—Bueno, chicos, ella es Sofía. Es la creadora del proyecto y superior.

—Hola. Me gustaría que fuéramos un equipo, puedo escuchar ideas sin ningún problema. Por ahora vamos a cambiar el procedimiento que habéis realizado por otro que os voy a indicar, ya que los resultados no son precisos. Era una posibilidad que podía ocurrir…

23

Dos rayas, me han salido dos rayas. Mi cabeza empieza a dar vueltas por sí sola, comienzo a hiperventilar. Salgo al sofá y me siento intentando tranquilizarme. «Madre mía, ¿cómo se lo digo a mi familia y, sobre todo, a Darien?».

Hoy no me voy a hacer café, voy a ponerme todas las tilas de la caja… Supongo que no será malo tanta tila. Me acabo de enterar y ya me estoy preocupando. Lo que me espera…

Más tranquila, cojo mi bolso, voy al laboratorio y me encierro en mi pequeño despacho, en el que caben justo dos sillas y una mesa, no sin antes saludar a las compañeras y escuchar los comentarios referidos al proyecto. Al momento entra Silvia.

—Sofía, qué mala cara tienes, estás blanca.

—Siéntate, por favor. Tengo que contarte una cosa.

—Uy, no me asustes. ¿Qué te pasa?

—Supongo que lo que voy a decir no afectará a mi trabajo.

La cara de Silvia se endurece. Con los ojos mirando a la mesa, le digo:

—Me he hecho un test de embarazo y ha salido positivo.

Cuál es mi sorpresa que, al levantar la mirada, veo una sonrisa en su rostro. Me da tranquilidad.

—¡Vamos a ser tías! Tranquila, no pasa nada. Me esperaba algo peor. ¡Qué contenta me has puesto! Aquí estarás muy bien, eres la jefa, solo supervisas y realizas las modificaciones. ¿Me dejas que se lo diga a Elena? Se va a alegrar seguro.

Después de una mañana un poco ajetreada, cuando vamos a parar para comer suena el teléfono del despacho. Me llaman desde el hostal, Darien me espera allí. Al oírlo, mi cara irradia felicidad, alegría, sorpresa, un cúmulo de sensaciones agradables. Se lo comento a mis compañeras y voy directamente al tranvía para encontrarme con él.

Me lo encuentro en la puerta, de pie, observando el mercadillo de la plaza. Al girarse y verme, sus ojos se le iluminan con el mismo brillo del entorno, de luz natural. Viene hacia mí, y a mitad de camino nos abrazamos.

—¡Qué sorpresa! ¿Por qué no me has llamado? Te hubiera esperado aquí.

—Pues para mí también ha sido una sorpresa, me han comentado esta mañana la posibilidad de venir a tus instalaciones y ni me lo he pensado, he cogido el coche.

—Uy… ¿Cómo que te han hecho venir?

—Me voy a marchar seis meses fuera y me han dado la posibilidad de despedirme. Mañana me voy. ¿Comemos, hablamos y me cuentas?

Está tan ilusionado con su trabajo que no le quiero cortar y darle la sorpresa, ya se lo diré en el piso circular. Tampoco lo veo adecuado en el restaurante del pueblo. Además, le he estado hablando de mi proyecto.

Al terminar de comer le propongo dar un paseo, pero él insiste en ir al tranvía.

—Pero si no tienes acreditación no podrás entrar.

—Tengo un código. No preguntes, luego te cuento. Solo dime si hacemos el recorrido habitual.

Extrañada, asiento. Pongo mi mano para la apertura de puerta, que se abre y entro. Al instante, un escáner rojo pasa a Darien de arriba abajo.

—Por favor, identifíquese —dice Miri.

Darien pone una contraseña en los números de la puerta y entra. La puerta se cierra de forma brusca y comenzamos la marcha.

Nos damos besos y arrumacos en los primeros minutos. Cuando me doy cuenta de que cambiamos de dirección, se lo comento a Darien, que saca su móvil.

—Hola. Todo correcto, la dirección no es la de siempre, nos están llevando a la central de Miri. —Sonríe y cuelga—. No te asustes, pero ahora nos van a escoltar unos agentes hasta la central.

Cuando paramos en la central hay seis agentes con chalecos y pistolas grandes en mano, con cara de pocos amigos, que nos escoltan hasta la puerta. Darien me coge de la mano y me pega a él.

—Luego te cuento.

Al llegar a la puerta, le dan un teléfono.

—Sí, mi coronel, protocolo correcto.

Pone el manos libres para que el resto del personal oiga una voz que sale por el auricular.

—Protocolo correcto. Muy bien, podéis enseñarles las instalaciones a vuestros compañeros.

El personal se relaja.

Al abrir la puerta hay un pasillo oscuro con luz muy tenue que se va encendiendo al paso. Al fondo, otra puerta con apertura igual a la primera y el tranvía. Al abrir esta última se ve una pantalla gigante enfrente y, en el centro de la sala en forma circular, muchas pantallas de ordenador con mucho personal.

—Lo siento, los civiles no pueden acceder a partir de aquí. —Y me señala una sala a mi izquierda, acristalada y con cómodos sillones, desde donde se puede ver todo el círculo y a todo el personal trabajando.

Darien me da un beso y me dice que no tardará mucho.

—Hola, Sofía. Es un privilegio tenerte aquí —dice la voz de Miri—. ¿Quieres tomar agua, refresco o algunas pastas? —me ofrece, abriendo puertas en una mesa que hay en el centro, de la que salen bandejas con los productos nombrados.

—No, gracias, acabo de comer.

Salimos de las instalaciones y, cuando estamos a unos metros de distancia, lo miro y él me sonríe con una sonrisa cómplice.

—¿Me lo vas a contar?

—Hablando con mi comandante para poder pedir unos días de permiso y venir a verte antes de marcharme, le conté dónde estabas. Se quedó sorprendido, porque él estaba al corriente de las instalaciones y de Miri. Me propuso que hiciera unas funciones para verificar si los protocolos de seguridad son correctos y precisos. Me dio sus códigos de entrada y ya has visto los resultados.

—Miri te ha dejado entrar —le digo intrigada.

—Era lo que debía hacer, me ha detenido en el vagón y me ha llevado a las instalaciones, por intruso. Mi comandante ha llamado al centro de mando para comunicar que era una prueba, que nos escoltaran hasta las instalaciones y me las enseñaran. Hemos estado hablando y, si todo va bien, al año que viene me vengo aquí contigo.

Ya en el apartamento semicircular, después de enseñarle la distribución y luego de conversar con Miri, decido darle la sorpresa.

—Darien, estoy embarazada. Me acabo de enterar esta mañana.

Su reacción, como es normal, es de asombro. Comienza a abrir los ojos, le brillan como nunca. Se levanta y en un instante me coge en vuelo y me da muchas vueltas, lleno de alegría.

—¡Voy a ser padre con la mujer más maravillosa del mundo! ¡Lo mejor del día de hoy!

Me deja en el suelo, se pone serio, me mira y dice:

—Tú lo quieres tener, ¿verdad?

Yo afirmo y lo vuelvo a abrazar.

—Claro que sí, pero a mí me ha sorprendido más que a ti al principio cuando lo he visto. —Le enseño el test—. Me he asustado porque no sabía cómo ibas a reaccionar, pero ya veo que superbien.

24

Han pasado varios meses desde que estuvo Darien de visita. Estoy muy redonda, me canso muchísimo al hacer cualquier cosa. Me faltan dos meses para cumplir. Mi padre y Lucía no paran de decirme que me vaya con ellos, y al final me he decidido.

Cuando le dije la noticia después de un mes, tras confirmar que estaba todo correcto e iba bien el embarazo, se alegró mucho de ser abuelo. Desde entonces me llama todas las semanas para preguntarme.

Silvia se las arregló para conseguir un ecógrafo de última generación, habló con proveedores y lo cedió por tiempo determinado. Las visitas al ginecólogo son por videoconferencia, Silvia me hace la eco y la doctora la ve directamente en su pantalla del ordenador. Está todo perfecto. Las analíticas precisas me las hago aquí con los parámetros requeridos por la doctora. Silvia conoce a la doctora Donec de la universidad y mantienen relación desde hace muchos años.

Estoy haciendo la maleta, no voy a llevar mucho. Aquí, en el semicírculo, tengo ya una minicuna que me regalaron mis compañeras y una cómoda para ropa de bebé.

Está confirmado que Darien vendrá aquí a las instalaciones a trabajar. Estamos pensando en comprar una casa en el pueblo, que son muy bonitas y acogedoras.

Mi padre ha venido para que no me vaya sola hasta su casa en mi estado, y seguro que ya está impaciente en la parada del tranvía. Nos vamos a la ciudad en tren, pues en mi estado no es aconsejable ir en avión, y porque podré pasear por el vagón y estirar las piernas.

En la puerta me despido de mis compañeras y bajo en el tranvía. Al verme, a mi padre le brillan los ojos muchísimo. Me da un suave abrazo, se acerca a mi barriga.

—Bolita, por fin oyes la voz del abuelo. Acostúmbrate, que la vas a oír todos los días mínimo por teléfono.

—Papá, me haces poner el teléfono en la barriga todos los días que llamas, ¿cómo no te va a conocer?

Subimos a un taxi y vamos a la estación de tren. El viaje lo hacemos de maravilla, mi padre ha cogido los asientos —como bien le dije— cerca de los aseos, porque voy a mear muy a menudo. A mitad de trayecto nos quitan el vagón bar, así que la última hora me he paseado por el vagón.

Al llegar a la ciudad, Lucía nos espera con una sonrisa de oreja a oreja. Nos abraza a las dos, me ha pedido permiso para tocar la barriguita. Justo en este momento se está moviendo, así que se emociona.

Llegamos a su apartamento. Es pequeño, pero con una terraza desde la que se ve toda la ciudad y que es el doble de grande que el apartamento. Al enseñármelo me dice:

—Por aquí podrás pasear si no te apetece bajar.

Nada más entrar en la cocina está, a la derecha, la ventana que da al patio de luces. Tras la puerta siguiente está el cuarto de baño, y las otras puertas dan a dos habitaciones, una grande con cama de 1,50 y otra pequeñita decorada con estilo infantil, con mucho gusto, y una minicuna.

—La decoró tu padre —dice Lucía—. Le hace mucha ilusión que estés aquí, y a mí también.

En la pared contigua está el comedor, bastante amplio, todo lo que mide el ventanal, por el que se ve la terraza. Al salir, hay unas vistas espectaculares, incluso se puede divisar el mar, que está a unos ocho kilómetros, según me dice Lucía.

—Papá, he cogido cita con la doctora Donec, y en dos días me verá, por fin. Me volverá a hacer otra eco y me enseñará las instalaciones. Si queréis, veníos. Bueno, la verdad es que me tendréis que llevar. Aunque ya está muy grande, ya no se verá muy bien.

—Pues claro —dice mi padre contento.

Lucía me mira con ojos muy brillantes.

—¿Yo también puedo ir?

—Pues claro, Lucía, ¿por qué no vas a venir?

Me da un abrazo, coge el teléfono y se pone seria.

—Claudia, cámbiame todas las citas que tenga dentro de dos días por la tarde, y a Isidoro también. Arréglalo para que estemos uno aquí con Sofía, como te dije, todos los días. —Con una voz de menos jefa dice—: Claudia, que vamos a ir a ver una ecografía del bebé de Sofía.

25

Hoy me encuentro rara, llevo días sin poder dormir bien, no estoy bien en ninguna posición. Los pies los tengo hinchados, voy al baño veinte veces al día y ahora parece que estoy revuelta. Hoy se queda conmigo Lucía. La verdad es que es una mujer fantástica, vive por y para su trabajo, pero tiene un lado tierno fuera de él. Me siento a su lado, ya me ha preparado el desayuno.

—Sofía —me dice—, quería hablar contigo en algún momento. No quiero que pienses que fui la otra, porque no lo fue. Estaba maravillada con tu padre cuando empezó a trabajar en la empresa, porque solo tenía palabras bonitas para su mujer y su hija, estaba enamorado de las dos. En ningún momento tuvo ninguna intención conmigo, ni yo con él. Pero cuando tu madre le dejó, era un alma en pena, estuvo casi un mes en un hotel. Era tal la pena que tenía que empecé a asumir su trabajo para que no lo echaran, lo animaba, lo ayudaba, hasta que un día abrió los ojos, me dio las gracias y empezó a surgir. Pero él aún os quería un montón a las dos, y si te soy sincera, no sé si algún día me querrá como quería a tu madre. Ya sé que soy de la calle y nunca la podré igualar, pero me gustaría que contaras conmigo como una madre, me haría mucha ilusión. —Y casi con lágrimas en los ojos, continúa—: Yo rechacé tener familia por mi trabajo, en mi vida he tenido que luchar mucho para conseguir lo que tengo. He pasado toda mi vida en casas de acogida, me dediqué a los estudios, que era lo que daría salida en la vida, y solo miraba por mí porque nadie más lo hacía, por eso tengo lo que tengo… Pero no conocía el amor hasta que apareció tu padre. No sé lo que es llevar a alguien dentro de tu vientre, siempre me ha dado miedo, y ahora te veo a ti con tanta felicidad en tu rostro.

—Bueno, hoy tengo mala cara, me siento muy cansada. No te preocupes, ya tienes una familia, ya no tienes que pensar más en eso. Mi madre siempre será mi madre, pero yo creo que te está muy agradecida por volver a darle alegría a mi padre; si no, tengo claro que se hubiera hundido. Por supuesto que contaré contigo para todo lo que necesite, has demostrado ser una buena persona y muy familiar. También cuenta conmigo para lo que necesites.

—Muchas gracias, de verdad. Mi asistente, Claudia, tiene tres hijos y me cuenta aventuras todos los días. Llevo tantos años con ella que viene a la oficina cuando quiere y puede, como no sea algo importante que tenga que estar. Es lo más cercano a una hermana. La verdad es que la llamo a cualquier hora decente, como dice ella, y me soluciona todo. Me ha puesto horario ella a mí —sonríe—, solo la puedo llamar de nueve de la mañana a diez de la noche de lunes a viernes. —Sonreímos las dos—. Cuando está de vacaciones lo paso mal y alguna vez le hago alguna llamada, pero solo por recordatorio de algo.

Me levanto de la silla con una presión en el bajo vientre muy molesta, y al estar de pie empiezo a mearme encima sin control. Me pongo nerviosa.

—Lucía, me he meado encima, lo siento.

—Tranquila, ve al baño.

Al levantarme de hacer pis vuelve a salir agua. Salgo con cara de susto buscando a Lucía, que está con el móvil en la mano haciendo una videollamada más nerviosa que yo. Está hablando con Claudia, que la está tranquilizando.

—Lucía, haz el favor de tranquilizarte, que la vas a poner más nerviosa —dice Claudia a través de la pantalla—. Pásamela que hablo yo con ella. Ve cogiendo las cosas que tenga preparadas para la llegada del bebé, yo llamaré a Isidoro y le diré que vais al hospital.

—¡Ostras, ya viene mi bebé!

—Hola, Sofía, cariño. Soy Claudia. No te pongas nerviosa, yo he tenido tres, casi todas las mujeres pasamos por esto. No le hagas caso a Lucía, que ahora mismo está muy nerviosa. Me ha dicho que el pis era blanco, ¿verdad?

—Sí —le contesto.

—Pues nada, puedes asearte e incluso ducharte, una ducha rápida, y os vais en el coche al hospital.

—Creo que me voy a dar una ducha rápida, que me estoy poniendo nerviosa.

—Bien. Pásame a Lucía.

Le doy el teléfono y me voy a la ducha, y cuando me desvisto tengo a Lucía pegada al culo ayudándome a entrar en la ducha. Me ayuda a secarme y a vestirme, y empiezo a notar como unos pinchazos. Me encojo un poco. A Lucía le empieza a temblar todo y vuelve a llamar a Claudia. Sin decirle nada, le contesta que tendríamos que estar en el coche.

En el ascensor, otro pinchazo más doloroso. Lucía me coge de los hombros para no caer. Al llegar a urgencias entra corriendo a por una silla de ruedas. Llevo todo el camino con las respiraciones de parto, y Lucía me ha imitado para ayudarme. Salen unas señoras muy agradables y me ayudan a ponerme en la silla, me llevan dentro a toda velocidad. Lucía va cogida de mi mano. Le preguntan si es mi madre, ella no contesta y digo:

—Sí, quiero que entre.

No quiero que me suelte la mano. La miro a los ojos en un momento de contracción floja y veo que le sale una lágrima.

Me levantan para pasarme a la cama de paritorios, y me vuelve a dar una contracción, me tengo que poner de rodillas en el suelo del dolor. Cuando se me pasa, me ponen en la camilla entre cuatro. Una doctora muy tranquila me dice:

—Sofía, no te podemos poner epidural, así que tienes que empezar a empujar como en las clases de preparto.

Con cada empuje que hago grito del dolor. Lucía no me suelta la mano y en las dos últimas contracciones no puede aguantar más y grita conmigo. El personal de allí le dice que si vuelve a gritar así, la tendrán que sacar. Y con el ímpetu con el que la oigo hablar a sus trabajadores, se gira, los mira a los ojos y les dice:

—A mí no me mueve de aquí nadie.

En ese instante noto cómo sale mi bebé. Su llanto me da paz. Me preguntan si quiero cortar el cordón, pero cedo la tijera a Lucía, que está llorando más que yo. La enfermera me pone a mi bebé en el regazo, diciéndome:

—Aquí tienes a tu preciosa niña.

—Niña, es una niña.

Las lágrimas me brotan de los ojos al coger a una cosa tan pequeñita en mis brazos. Se apoya en mi pecho y siento por primera vez el amor verdadero. De repente, todo mi puzle interior se ensambla, y le digo a mi pequeña:

—Dalia, ya estamos juntas por fin.

Índice